자서전 쓰기 강사가 쓴 자서전

내가 만든 길

자서전 쓰기 강사가 쓴 자서전
내가 만든 길

지은이 ‖ 민경호
펴낸이 ‖ 민경호
펴낸곳 ‖ 세계로미디어
초판 발행일 ‖ 2018.1.5.
2쇄 발행일 ‖ 2018.7.20.
주 소 ‖ 서울시 종로구 종로 393-1, 505호(숭인동 용호빌딩)
등록번호 ‖ 214-90-20659
등록일 ‖ 2000.2.12
전 화 ‖ (02)763-2159
팩 스 ‖ (02)764-7753
http://www.segyeromedia.co.kr
ISBN 978-89-90530-64-6(03810)
정가: 12,000원

자서전 쓰기 강사가 쓴 자서전

내가 만든 길

민경호 지음

세계로미디어

책을 내면서 >>>

자서전 쓰기 강사가 쓴 자서전에는 어떤 내용이 담겨 있을까
요? 또 방식은 어떨까요? 강사라고 해서 특별할 것이 있겠습니
까? 사람이 사는 방식은 동서고금을 막론하고 비슷하지 않을까
요?

지난 18년간 '자서전 쓰기' 강의를 진행해 온 저자는 수강생들
에게 자서전을 쓰라고 독려한 적은 많지만 정작 본인의 자서전이
없다는 것을 아쉬워했습니다. 그래서 쓰기로 마음먹고 작업에 착
수했습니다. 그동안 본인의 자서전을 쓰지 않았던 이유는, 아직까
지 성공 스토리가 부족했기 때문입니다. 자서전은 나이가 적은 사
람도 얼마든지 쓸 수 있지만, 본인 스스로 생각하기에 성공 스토
리가 부족한데 과연 멋진 자서전을 쓸 수 있겠느냐는 생각이 많았
기 때문에 망설이고 있었던 것입니다.

그러다가 기회가 찾아왔습니다. 기관에서 강의를 진행하면서 수강생들과 SNS로 소통하는데, SNS를 통해 우리 수강생들이 진솔한 이야기를 나누는 것을 지켜보면서 강사가 더 이상은 본인의 자서전 쓰는 것을 미뤄둘 일이 아니라는 생각을 하게 되었습니다. 아직 만족할 만한 성공에 도달하지 않았지만, 수강생들을 위해서라도 강사가 본인의 자서전을 출간해야 한다는 의무감이 작용했습니다. 그래서 그동안 미루어두었던 숙제를 했고, 글을 쓰면서 저 역시 자서전 쓰기의 '긍정적 효과'를 몸으로 체험할 수 있었습니다. 50대 초반에 쓴 자서전이 제 인생 전체를 담을 수 있다고는 생각하지 않습니다. 하지만 앞으로 10년 단위로 이야기를 추가해나가는 것으로 하고, 일단 현재까지의 이야기만 담아보기로 했습니다.

이 책은 크게 두 부분으로 구성되어 있습니다. 첫 번째인 Chapter.1은 스토리텔링 방식의 자서전이며, Chapter.2에는 글쓰기에 대한 요령과 방식이 담겨있습니다. 자서전 쓰기 강사로서 수강생들에게 강의했던 내용을 담으면 좋겠다는 생각으로 Chapter.2를 구성했습니다. 이 책을 읽으시는 독자분들에게 당부하고 싶은 말이 있습니다. 글쓰기는 이론으로 완성할 수 없습니다. 반드시 실습을 하셔야 합니다. 직접 써보지 않고 이 책을 눈으로만 읽고 끝낸다면 글쓰기를 절대 정복하실 수 없습니다. 이제 도전하십시오. 글은 결코 작가들만 쓰는 것이 아닙니다. 여러분도 얼마든지 훌륭한 작가가 될 수 있습니다. 이제 여러분이 쓰실 차례입니다.

2018년 1월 민경호

    자서전이란, 자신의 이야기를 글로 표현하는 것이다. 많은 사람들이 '자서전'은 자신만의 삶을 가꾸어서 성공한 사람이나 유명한 사람들의 전유물로 생각한다. 저자 민경호는 18년간 자서전 쓰기 강사를 하면서 평범한 사람들도 자서전을 써야 하는 자서전의 효용성에 대해 신념을 갖고 사회 전반에의 확대 필요성을 주장하였다. 인터넷 검색에서 '자서전 쓰기'에 관한 검색을 해보면 민경호 강사의 자서전에 대한 평소 생각과 그의 가치관을 엿볼 수 있다.

    사람들은 글을 쓰면서 과거 자신의 행동을 되돌아보는 회고의 과정 속에서 '삶'에 대한 깊은 성찰을 느낄 수도 있다. 자서전은 써보는 것만으로도 삶의 전환과정을 체험할 수 있고, 그 경험이 전환학습과 경험학습의 과정을 거치게 하고, 삶에 대한 치유의 효과가 있다는 것을 여러 문헌에서 어렵지 않게 찾아볼 수 있다.

    고인이 된 변화경영전문가 구본형씨는, "자서전은 위대한 사람만 쓰는 것이 아니다. 평범한 사람은 평범하기 때문에 자신의 기억을 남겨야 한다."고 자서전을 써야 하는 이유를 강조하였고, 자서전 쓰기에 관한 기본서를 집필한 린다 스펜스도 평범한 사람들이 자서전을 써야 한다고 하고 평범한 사람들을 위한 「내 인생의 자서전 쓰는 법」을 저술하였다. 굳이 이들의 이야기를 인용하지 않고서도 '자신의 이야기를 기록하고 타인과 나눌 수 있다'는 것만으로도 소중한 가치가 있다는 것은 누구나 공감할 수 있다.

저자는 지난 수년간 자서전 쓰기 강사로서 타인의 글쓰기 지도를 하면서 틈틈이 자신의 이야기를 대화식 글로 정리하고 수강생들과 내용을 공유하였다. 매 학습과정마다 퇴고를 거듭하고 있지만 2% 부족하다는 생각에 수정만 하고 있다고 아쉬움을 이야기했었다. 밀리언셀러가 되어 우리들에게 잘 알려진 스펜서 존스도 「누가 내 치즈를 옮겼을까」를 18년간 기록하고 수정하였다고 하였다. 자서전 쓰기 강사가 쓴 자서전 「내가 만든 길」이 책도 18년간에 걸쳐 진행한 강사의 경험과 기록을 자신의 글로 정리하여 책으로 출간하였고, 글쓰기 방법에 대해 상세하게 정리하여 평범한 사람들이 자서전을 써보고자 할 때 지침서로도 활용할 수 있게 하였다.

"자서전 쓰기 과정은 돈 되는 사업은 아니지만 이 일 자체가 사회를 변화시킬 수 있는 가치 있는 일이라면 우리가 그 일을 대하는 태도를 바꿀 필요가 있지 않을까? 이 일이 공동선(共同善)을 위한 것이라면 더 말할 필요도 없으리라. '가치'를 추구하는 사람들이 더 많아지는 사회를 꿈꿔본다."는 저자의 말처럼 이 책이 자서전 쓰기가 사회 전반으로 확대될 수 있는 밑거름이 되기를 기대해 본다.

– 교보문고 정승일

Chapter2. 글쓰기, 이렇게 하자

제1장 글쓰기, 어떻게 접근할 것인가

제2장 남이 쓴 글 분석하기

제3장 기본 규칙 익히기

Chapter 1

내가 만든 길

소개팅

"경호야, 오랜만이다."

"그러게, 한동안 못 봤지."

"여길 30초만 늦게 지나갔어도 널 못 만났을텐데."

"맞아. 철저하게 물리학 법칙에 지배받는 거지. 시간과 공간(장소)이 정확히 일치해야 만날 수 있다 이거야. 둘 중 하나라도 조건이 맞지 않으면 만나지 못하는 것 아니겠냐. 흐흐. 내가 요즘 물리학 잡지를 좀 보거든. 〈Newton월간과학〉 말이야."

"그래? 전공을 바꾼 건 아니지?"

"그럴 리가. 도서관에서 우연히 잡지를 주워들었는데 몇 페이지 넘기다가 그냥 빠져들었지. 재밌어. 수학을 잘 했으면 물리학을 전공해보는 것도 나쁘지 않았을텐데. 특히 천체물리학이 매력

적이야."

"널 만나니까 생각나는 게 있다. 소개팅 한 번 해보지 않을래?"

"소개팅? 여자를 만나라고? 글쎄. 생각을 안 해봤는데 지금부터 생각해봐야겠네."

"그래. 이제 나이도 적은 게 아닌데 너도 연애 좀 해봐야지."

"그러면 소개팅을 한다고 치고, 시간과 장소나 알려줘 봐."

"다음 주 토요일 서울극장 앞에 1시까지 나오면 돼."

"그래, 알았다. 나갈게. 혹시 천재지변이 생기면 그땐 못 나간다고 알려줄게. 흐흐."

대학 캠퍼스에서 본관 건물 앞을 지나가다가 소개팅을 권한 친구와 만난 건 우연이지 필연인지 알 길이 없다. 아마 필연이었으리라. 대학 4년간 연애 한 번 해보지 않았던 대학원생이 여자를 만나러 나간다는 것은 선뜻 내키지 않는 일이었다. 그러나 그날은 어찌된 일인지 친구의 제안을 순순히 받아들였다. 뭐 특별히 마음이 끌린 것도 아닌데 거절하지 않았다는 것이 신기할 정도였다. 어머니로부터 물려받은 내성적인 성향 탓에 이성 친구와 교제한다는 것이 자연스럽지 않았던 상황이라 거절할 만도 했건만 그날은 그냥 단박에 승낙해버렸다.

며칠 후, 교회 청년들이 모이는 토요 집회에 참석했을 때 집회가 끝나고 사석에서 친구들과 이야기를 하고 있었다. 연애 경험이 풍부한 친구에게 한 마디 던졌다.

"며칠 후에 내가 소개팅 자리에 나가는데 나한테 뭐 조언해줄 것 없냐?"

친구는 반색을 하면서 내게 말했다.

"그거 좋은 일이네. 가만 있자. 소개팅에 나가면 너는 너의 모습을 그냥 있는 대로 보여주기만 하면 돼. 꾸밈도 필요 없고 가식도 필요 없고 그냥 평상시 너의 모습 말이야. 다시 말해서, 솔직해져야 한다는 거지. 알았지?"

나는 고개를 끄덕이며 알려줘서 고맙다는 인사를 했다. 그리고 또 다른 친구 몇 명에게도 비슷한 질문을 하고 몇 가지 조언을 들었다. 또 다른 친구 한 명은 소개팅 당일에 나를 데려다주겠다고 했다. 그 친구는 오토바이를 즐겨 타던 친구여서 나를 오토바이 뒷자리에 태워 서울극장 앞까지 데려다 주었다.

오토바이에서 내린 후, 처음 본 여자와 인사를 나누었다. 내 눈에는 좋아보였다. 아니, 더 정확히 말하면 첫 눈에 반했다고 할까. 평소의 내 성향대로 했더라면 쑥스러워서 데면데면했을 것이다. 말 한 마디 똑부러지게 하기 어려웠을 텐데 이상한 현상이 벌어지고 있었다. 나도 모를 상황이었다. 근처 커피숍으로 안내하고 자리에 앉아서는 내가 먼저 이야기 보따리를 풀어놓기 시작했다. 어디에 그 많은 이야깃거리가 숨어있었는지, 한 번 펼쳐놓자 끝도 없이 쏟아져 나왔다. 말을 하고 있는 나 역시 놀랄 일이었다. 속으로 생각했다. '내가 말을 참 잘하는구나…….' 그때 이야기했던 내용은 잊어버렸지만 아마 신변잡기에서부터 시작해서 우주의 기원에 대한 이야기며, 신앙, 철학 등등 알고 있는 지식들을 죄다 쏟아냈을 것이라고 추측한다.

나중에 아내에게 물어봤다. "그때 내 첫 인상 어땠어?" 했더니, "오토바이에서 내려 헬멧을 벗는 걸 봤는데, 키는 작달막하고 모범생 같은 얼굴을 하고 있는 것이 내 스타일은 아닌 것 같았어. 영 아니었어."

그랬다. 아마 그랬을 것이다. 고지식하고 융통성 없는 성격에, 대체로 비호감 스타일이었지 않을까 생각한다. 지금이야 그동안의 사회생활을 통해 그때보다 더 사회화되어서 대체로 흐름에 맞춰가고 있지만, 그 당시에는 사회 경험이 없는 학생이었기에 오죽이나 고지식했을까 생각한다. 소개팅 이후에도 만남은 이어졌고, 만남은 유쾌함으로 커져갔다. 학부 4년간 여자 친구 없이 지내던 숙맥에게도 애인이 생긴 것이었다. 그리하여 2년간의 연애 끝에 백년가약을 맺었다.

지금 생각해본다. 만일 소개팅을 권한 친구와 그 시간, 그 장소에서 만나지 않았더라면 지금의 내 모습은 지금과 무척이나 달랐을 것이다. 왜냐하면 그 자리에 나가지 않았을 것이기 때문이다.

그러면 지금의 아내를 만나지 못했을 것이고, 딸도 이 세상에 태어나지 않았을 것이다.

프랑스의 사상가 장 폴 사르트르(Jean-Paul Sartre)는 말했다. "인생은 B(birth) 와 D(death) 사이의 C(choice) 이다."

우리는 신으로부터 자유 의지를 선물로 받았기에, 인생 중에서 만나는 수많은 선택(choice)의 순간에 우리에게 주어진 자유 의지를 사용할 수 있다. 그 선택은 자신에게만 고유하게 주어진 것이며 선택의 결과는 자신에게로 돌아온다. 신으로부터 부여받은 선택의 신성함을 존중해야 할 것이다.

스케이트는 사랑을 싣고

"춥지 않니?"

"네. 몸에서 열 나는데요."

"넘어지지 않게 조심해서 타라."

"네. 이제 익숙해졌어요."

"스케이트 날은 잘 갈았지?"

"아까 갈았더니 아무 문제 없어요."

"추우면 저기 가서 오뎅 사먹고 국물도 좀 마셔라."

"아직까지는 괜찮아요. 추워지면 그때 사먹을게요."

"엄마가 지켜보고 있으니까 무슨 일 있으면 빨리 엄마한테 와야 해.

"무슨 일이 있겠어요? 이제는 부딪혀서 넘어질 일도 별로 없어요. 잘 피해 다녀요."

"그래, 항상 조심해야 한다."

"네. 한 바퀴 더 돌고 올게요."

그해 겨울은 유난히 추웠다. 나이가 어려서 더 그렇게 느꼈을 수도 있다. 일기 예보로 알려주는 기온은 영하 20도 이하인 때가 많았다. 40년 전에는 그랬다. 국민학교 3학년 때였으니까 어리고 키도 작은 아들을 바라보는 젊은 엄마의 마음은 노파심이었을 것이다.

학교 운동장에 스케이트장을 만든다는 계획을 누가 세웠는지는 모르겠으나 그해 겨울에 우리 학교의 운동장은 스케이트장이 되었다. 겨울이 다가오기 전, 선생님은 학생들에게 지원자 신청을 받았다. 학교에 스케이트장을 만들 것이니 신청자는 돈을 내고 회원권을 받으라는 것이었다. 인근 사설 스케이트장과 비교해도 저렴한 가격을 내세웠기에 나를 포함해 많은 아이들이 신청했다. 우리는 스케이트장이 학교 운동장에 만들어지는 신기한 과정을 구경하는 재미까지 누릴 수 있었다.

어느 날, 굴착기가 운동장 바닥을 커다란 원 모양으로 파내기 시작했다. 전체 모양은 올림픽 경기장의 육상 트랙과 같았고 트랙 가장자리에는 불룩하게 둔덕을 만들어 모양을 만들었다. 그 위에 거대한 비닐을 겹겹이 쌓으며 펼쳐나갔다. 그 작업이 마무리된 후에는 물을 쏟아 붓기 시작했다. 한도 끝도 없이 물을 쏟아부었다. 그 넓은 운동장을 물로 다 채웠으니 어마어마한 양이 쓰였을 것이다. 하루가 지나고 이틀이 지나고……. 나와 친구들은 그 물이 어떻게 변하는지 지켜봤다. 그렇게 며칠이 지난 후, 물은 얼음으로 변해있었다. 아이들은 신나서 펄쩍펄쩍 뛰면서 좋아했다. 우리 학교에 스케이트장이 생기다니……. 영하 20도를 오르내리는 날씨는 학교 운동장을 스케이트장으로 바꿔놓았던 것이다.

처음으로 신어보는 스케이트는 영 불편해서 그걸 신고 똑바로 서 있기도 쉽지 않았다. 똑바로 서 있으려고 해도 발목이 좌우로 사정없이 꺾였다. 앞으로 나아가기는커녕 중심 잡기도 어려웠으니 시원시원하게 달리는 형들을 보고 있노라면 한없이 부러웠다.

'나도 언젠가는 저 형들처럼 잘 타게 될 날이 있을 거야.'

어깨 너머로 배운 기본기가 오죽했을까마는 그래도 날이 지날수록 조금씩 실력이 늘어나는 것을 알 수 있었다. 트랙을 돌 때는 한 방향으로 도니까 서로 부딪힐 일이 거의 없지만 트랙 안쪽에서 자유롭게 연습할 때는 서로 다른 방향에서 오는 친구들과 부딪힐 일이 많았다. 그렇게 부딪히고 넘어지며 실력이 조금씩 나아졌다.

하루는, 스케이트를 타고 있는데 어디선가 조그마한 모터가 맹

렬히 돌아가는 듯한 소리가 들려왔다. 머리 위가 아니라 저 멀리 떨어진 하늘 위에서 나는 소리였다. 우리는 일제히 그곳을 쳐다 봤다. 유선으로 조종하는 비행기가 하늘을 날고 있었다. 그 비행기를 보고 있노라니 얼마나 황홀했는지……. 조립식 장난감을 무척이나 좋아하던 나는 그 황홀한 광경에 넋을 잃고 말았다.

'저 비행기를 조종하는 사람은 정말 행복하겠다. 나도 갖고 싶다.'

가질 수는 없으나 보고 있는 것만으로도 행복했다. 우리 학교와 담장을 맞대고 있는 학교 운동장에서 누군가 그 비행기를 날리고 있었던 것이다. 담장으로 가려져 있어서 그 주인공이 누구인지 보이진 않았지만 부잣집 아들임이 분명했다. 성인이 된 지금도 유년의 기억들은 빛나는 아름다움으로 남아있다. 작년에 드론을 구입했던 것은 아마도 이러한 유년의 기억들이 동기로 작용한 것이라고 말해야 할 것 같다.

그해 겨울에는 어느 정도 스케이트의 기본기를 마스터했고 그다음 해부터는 사설 스케이트장에 다녔던 것으로 기억한다. 사설 스케이트장은 더 넓어서 트랙을 한 번 도는 데도 시간이 꽤 걸렸다. 물론 사설 스케이트장이 훨씬 좋고 편리하기는 했지만 내게 더 강렬한 인상으로 남아있는 유년의 기억들은 모두 학교 운동장 스케이트장을 배경으로 한 것이다.

영하 20도라는 기록적인 한파에도 아랑곳하지 않고 '어머니'들

은 아이들이 놀고 있는 학교 스케이트장을 떠나지 않았다. 아이
들을 데려오고 데려갈 때까지 줄곧 자리를 지키고 말이다. 그러
나 '자리'라는 것은 없었다. 그냥 서 있었다. 대기실도 없었고 의
자도 없었다. 그냥 겨울바람을 온 몸으로 맞으며 다섯 시간이든
여섯 시간이든 아이들이 지쳐서 더 탈 수 없다고 할 때까지 마냥
기다렸다. 어머니인들 왜 춥지 않았겠는가. 영하 20도의 날씨에
여섯 시간동안 서 있으라고 하면 서 있을 사람이 있겠는가. 그러
나 '어머니'라는 이름을 가진 사람들은 달랐다. 그들은 자녀가 뛰
노는 모습을 보고 즐거워했으며 추위를 추위로 느끼지 않았다.
이것이 바로 '모성'의 위대함이다. 인간은 누구나 '어머니'의 자
식이다. '어머니'라는 이름 안에는 '위대함'이라는 속성이 들어있
는 것이 분명하다.

  신성한 이름 '어머니'여.

주관이 뚜렷한 아이

국민학교 4학년 때 담임을 맡으셨던 선생님이 5학년 때도 나의 담임 선생님이 되셨다. 국민학교에서는 한 선생님이 전 과목을 모두 가르치시기 때문에 한 번 담임으로 정해지면 학생들은 좋으나 싫으나 그분과 1년을 함께 해야 했다. 4학년 어린 학생의 눈에 비친 그분은 마치 노인과 같았다. 담임 선생님이 졸고 있는 모습을 여러 번 목격했기 때문이다. 노인 선생님에게 배운다는 것이 못마땅했던 나는, 4학년에서 5학년이 되면 새 선생님을 만나 새롭게 공부할 수 있겠다는 기대에 부풀어있었다. 그러나 그 기대는 새 학년이 되어 새 친구들을 만나는 그날 여지없이 무너지고 말았다.

5학년 교실에서 새롭게 맞이할 선생님을 기대했던 나는, 매우 친숙한 얼굴을 가지신 분이 교실에 들어오셔서 우리반 5학년 담임을 맡을 선생님이라고 소개했을 때 아연실색했다. 지난 1년간 이 날만을 기다려왔는데 이 무슨 운명의 장난이란 말인가!

잔뜩 골이 난 아이는 선생님을 바로 쳐다보고 싶지도 않았다. 그런데 아뿔싸. 첫날 첫 시간에 이리도 비상식적인 요구를 하시다니……. 처음 만난 아이들을 향해 선생님은 이런 말도 안 되는 멘트를 던지셨다.

"선생님 좋아하는 사람 손들어."

????? 아니 뭐라고? 좋아하는 사람은 손을 들어보라고? 선생님을 언제 봤다고 좋아한단 말인가. 4학년 때 나와 같은 반이었던 아이들을 제외한 대부분의 아이들은 그 선생님의 얼굴을 처음 보았을텐데 말이다. 그런데 그 순간 희한한 일이 벌어졌다. 아이들은 꾸역꾸역 손을 들고 있었다. 모두가 약속이나 한 듯이.

'에잇, 속도 없는 놈들……' 속으로 생각했다.

어이가 없었다. 이렇게 백주대낮에 마음에도 없는 거수에 동참해야 한단 말인가?

'에잇, 그런 짓은 내 양심상 못하겠다.'

나는 손을 들지 않았다. 그렇다고 해서 선생님을 똑바로 쳐다볼 수도 없었다. 그냥 무심한 척, 그냥 심드렁한 척, 딴청을 피우며 끝까지 거수에 동참하지 않았다. 선생님은 아마 그날 나의 행동을 주시하셨나보다. 그 당장 선생님이 그에 대한 말을 하지는 않았지만, 그 어처구니없는(?) 사건을 선생님이 또렷하게 기억하고 계셨다는 사실을 나중에 알게 됐다.

보름이나 지났을까, 담임 선생님이 우리 집에 가정 방문을 하러 오셨다. 순차적으로 반 아이들의 집에 방문하는 것이 관례였던 모양이다. 선생님은 우리집에 오셔서 어머니와 이런 저런 이야기를 하시고 웃는 얼굴로 돌아가셨다. 잠시 후, 어머니가 나를 부르셨다. 무슨 일인가 했더니, 선생님이 그 어처구니없는(?) 사건에 대해서 몇 말씀을 하고 가셨다는 것이었다. 선생님의 말인즉, "경호는 아주 주관이 뚜렷한 아이입니다. 주체성이 강한 아이라고 말씀드릴 수 있을 것 같습니다." 라고 하셨다는 것이다.

하하하. 선생님이 나를 이렇게 좋게 봐주시다니……. 다른 아이들은 눈치껏 상황에 따라 행동하는데 경호는 다르다는 것이다. 본인이 싫다고 생각하는 것에 대해서는 어떤 상황에서도 좋다고 말하지 않는 아이라고 생각하신 것이다.

그때 이후로 선생님이 나를 대하는 태도는 급격히 달라졌다. 마치 VIP손님을 대하듯 나에게 점수를 따려고 하시는 것 같았다. '이렇게 하면 경호도 나를 좋아하게 될 거야.' 라고 생각하신 것은 아닐까? 선생님이 숙직을 하시는 날이면 나를 학교로 불렀다. 휴일에도 불렀다. 무엇을 함께 했는지는 잘 기억나지 않지만 한 가지 기억나는 것은 '참새를 잡았다'는 사실이다. 선생님은 참새 그물을 가지고 다니시는 모양이었다. 학교 정문 옆 담장이 쳐진

곳에 나무와 나무 사이에 그물을 쳐서 참새를 잡곤 하셨는데, 그 취미 활동을 나와 함께 하고 싶으셨던 모양이다. 잡은 참새를 주면서 집에 가져가라고도 하셨다. 선생님과 함께 하는 시간이 많아지면서 선생님에 대한 거부감도 조금 사라졌고, 5학년의 남은 날들을 비교적 불만이나 문제없이 잘 보냈던 것 같다. 그러고 보니 선생님의 얼굴도 떠오르고 그분의 미소도 생각난다. 그리워진다. 지금쯤 돌아가시지 않았을까. 아니 살아계실지도 모르겠다. 보고 싶어진다.

집에서 쫓겨나다

"여기 꼼짝 말고 앉아있어. 아버지가 들어오라고 할 때까지 들어오면 안 돼."

"네."

"잘못한 게 뭔지 생각해봐."

"네."

그 사건이 있었던 날은 여느 날과 별반 다르지 않았다. 그저 평범한 날이었다. 그러나 내게는 역사적인 사건이 있었던 날이다. 집에서 쫓겨났던 것이다. 그때 나이 다섯 살.

사건의 발단 역시 대수롭지 않은 일이었다. 동네에서 지나다니던 엿장수를 아버지께서 발견하시고는 나에게 불러오라고 시키

신 것이다. 앞에 가는 엿장수의 뒤를 따라갔다. 다섯 살짜리 아이
는 용기를 내어 아저씨를 불러 멈춰 세우려고 했다. 그러나 입에
서 말이 나오지 않았다. 어머니로부터 물려받은 내성적인 성격이
아이의 몸에 배어있기 때문이었다. 어머니께서는 언제나 '얌전'
이라는 말을 입에 달고 사시는 분이다. 어머니가 얌전한 아이들
에 대해 칭찬하는 것을 줄곧 보아왔기 때문에 얌전이 미덕인 줄
알았다.

아버지께서는 몹시 화가 나셨던 모양이다. 아버지의 눈에는 내
가 부모의 명을 거역하는 버릇없는 아이로 보였던 것 같다. 그날
저녁이 되어 어두워질 때까지 집에서 쫓겨나와 대문 앞 작은 계
단에 쪼그리고 앉아 불안에 떨어야 했다. 그때 마침 우리집은 내
부 수리중이어서 집 마당에 장작이 여러 개 흩어져 있었다. 아버
지는 내게 몽둥이를 만들어오라고 하셨고 나는 그 장작으로 종아
리를 여러 대 맞았다. 엄청나게 아팠지만 아프지 않은 척 참아냈
다. 아버지의 노여움이 지나간 후, 형이 나에게 한 마디 했다.

"너, 맞을 때 아프지 않았어? 굉장히 잘 참던데."

그랬다. 난 무척 아팠지만 이를 물고 참아냈다. 인내심이 많아
서가 아니었다. 울면 더 심하게 맞을 것 같아서 울음을 참았다.
그 사건 이후에 형이나 어머니는 내가 고통을 잘 참아내는 아이
라고 여겼을 것이다. 하지만 그때 받은 두려움과 마음의 상처는
오래도록 트라우마로 작용했다. 나는 그 사건 이후에 더욱 내성

적인 아이로 자라게 되었다. 청소년기와 청년기를 거치는 동안에
도 그때의 아픔은 쉽게 가시지 않았다. 하나의 해프닝으로 기억
될 수도 있었겠지만, 성격 형성 시기에 받은 상처였던 터라 그 후
유증은 오래 갔다.

철도 들기 전에 경험했던 깊은 상처가 오래 따라다니며 괴롭혔
지만 비교적 잘 극복해냈다. 물론 쉽지는 않았지만 가장 크게 작
용한 것이 신앙의 힘이었던 것 같다. 어머니는 내성적이라는 성
향을 가지신 분이지만, 반면에 독실한 기독교 신자이기에 그 신
앙을 아들인 내게 고스란히 물려주셨다. 난 말씀과 기도로 대부
분의 장애를 극복할 수 있었다. 아버지에게 받은 상처를 어머니
의 신앙으로 치유한 셈이 되었다.

다섯 살 때 집에서 쫓겨난 사건에 더해 20대 중반에도 한 번
더 아버지로부터 쫓겨나는 신세가 된 적이 있었다. 이제 부모님
모두 여든을 훌쩍 넘기셨다. 나도 성인이 된 지 오래고 나름의 가
치관과 세계관을 가진 인격체가 되었다. 엄하고 무서운 아버지 밑
에서 자랐지만 원망 따위는 없다. 아버지는 나에게 강인한 정신력
을 요구하셨고 사나이의 투지와 도전정신을 가르쳐주신 분이다.
아버지 때문에 많이 힘들었지만 아버지 덕분에 세상의 이치를 알
았다. 내게 있어서 부모님은 인생의 대 선배이며 멘토다. 신앙을
물려주셔서 영원한 삶을 보장받게 해주신 분이기도 하다. 무엇을
더 바라랴. 두 분께서 편안한 노후를 즐기시기만 바랄 뿐이다.

안 계시면 오라이

"너도 여기서 타냐?"

"어, 경호구나. 그래. 나 여기서 타는데 너도 타냐?"

"그럼, 버스 타고 다닌 지 이제 보름이나 됐는데."

"나도 그래. 여기서 학교까지 가는 버스가 16번, 32번, 35번이니까 먼저 오는 걸 타자."

"그래. 국민학교 때는 걸어 다녀서 편했는데 이제 버스 타고 다니려니까 일찍 일어나야 하고 불편한 게 한두 가지가 아니네."

"다른 아이들도 다 마찬가지일거야."

"오늘도 무사히 버스에 오를 수 있을까?"

"차장 누나를 잘 만나야 할텐데."

"그래. 운에 맡기고 타 보자고."

아침마다 버스를 기다리며 그날 타게 될 버스가 얼마나 붐빌지 예상하는 것이 습관처럼 되어있었다. 학교 이름은 남대문중학교였으나 학교는 남대문과 거리가 먼 장위동에 위치하고 있었다. 집에서 가자면 버스를 타야 하는데 국민학교 시절에는 걸어 다녔던 터라 중학교에 입학해서는 한동안 버스를 지혜롭게 타는 요령을 습득해야했다. 타기 전에는 토큰이나 회수권을 준비하든가 잔돈을 준비해야 하는데 회수권을 미리 구입해서 주머니에 넣고 다니는 것이 가장 편리했다. 버스에는 운전사 외에도 '차장'이라는 누나가 언제나 동승하고 있었다. 정거장마다 문을 열어주고 닫아주며, 손님들로부터 차비를 받고 거스름돈을 내어주는 일을 했다.

차장 누나가 하는 일 가운데 가장 중요한 일이 있었다. 물론 차비를 받고 문을 여닫는 일이 주업무이긴 하나, 특히 아침 등교 시간에는 차장 누나의 판단력과 직관력이 우리의 등굣길을 편안하게 하거나 우울하게 하는 변수로 작용했다. 흔히 '콩나물 시루 버스'라고 일컬어지던 그 옛날의 버스를 요즘 젊은 친구들은 전설 속의 이야기 정도로나 받아들일 것이다. 매 정거장마다 버스에 오르려는 사람은 늘 많았다. 차량 대수가 절대적으로 부족한 시절이어서 그랬던 것으로 생각하지만 승객들 입장에서 보면 제 돈 내고 자기가 타겠다는데 지나치게 푸대접을 받는 것이 아닐까 생각할 만도 했다. 일명 손님이 가장 몰리는 '러시아워'에는 서로 먼저 버스에 오르겠다고 아우성을 쳤다. 차장이 매 정거장마다 문을 열어놓으면 내리는 사람은 몇 안 되고 타겠다는 사람만 줄을 서 있으니 차장인들 왜 힘들지 않았겠나. 차장은 푸시맨(push man)이 되어야 했다. 요즘은 지하철 환승역에서 이런 장면이 연출되곤 하지만 그 당시에는 버스에서 이런 일들이 벌어졌다. 차장이 남자인 경우는 본 적이 없으니 모두 여성이었을 것이다. 그러니 푸시우먼(push woman)이라고 해야 맞을 상황이었다. 정거장에 도착하면 차장은 내릴 손님들을 내리게 도와주고 나서 타려고 대기하고 있는 사람들을 태우면서 묻는다.

"안 계시면 오라이(All right)."

그런 다음 버스 문 옆구리 철판 면을 손으로 두 번 '땅땅' 하고 세게 두드린다. 그 소리를 듣고 운전사는 차를 출발시킨다. 그와 동시에 사람들을 온 몸으로 밀어 넣고 차장도 간신히 자기 몸을 문 안에 들여놓고 닫는다. 그 다음으로 이때부터는 운전사의 역할이 매우 중요해진다. 사람들을 억지로 밀어 넣었기 때문에 문 쪽의 인구밀도는 높고 반대쪽은 밀도가 낮다. 이것을 평정하여 고르게 분포시키는 것이 운전사의 몫이다. 운전사는 원심력을 이용한다. 원심력만큼은 학교 다닐 때 확실히 배운 듯하다. 출발할 때 2차선을 달리다가 서서히 1차선 쪽으로 진입하는가 싶으면 이내 핸들을 꺾어 2차선으로 급히 방향을 튼다. 결국 버스 차체는 작은 반원 형태를 그리며 버스 내부에 원심력을 일으킨다. 문이 있는 우측에 몰려있던 승객들은 반대편인 좌측으로 쏠리며 인구밀도는 좌와 우가 같아진다. 이렇게 해서 승객들이 좀 더 고르게 분포되게 돕는 것이다. 그러나 콩나물 시루처럼 **빽빽**하게 들어찬 버스 내부의 사람들은 균형을 잡기도 어렵고 발을 어디에 놔야 할지도 모른 채 차가 흔드는 대로 몸도 따라 흔들렸다. 가방을 들고 있지 않아도 되었다. 그저 살짝 들어 배 위쪽으로만 위치시키면 되었다. 사람과 사람 사이에 끼어있는 가방은 공중부양한 채로 몸에 붙어있으니 굳이 들고 있을 필요가 없었다.

중고등학교 시절의 추억을 떠올려보면, 그렇게 불편하게 살면서도 사람들은 그다지 불만을 표시하거나 불행해지지는 않았던 것 같다. 버스에 에어컨을 설치하지도 않았고 지하철도 변변하지 못했다. 거의 대부분의 사람들은 살림살이가 팍팍했고 모두가 치열하게 살았다. 모두가 그러려니 하면서 살았고 우리가 사는 환경을 탓하지 않았다. 시간을 더 거슬러 올라가서 우리의 어머니나 할머니가 살아가던 시절에 대한 이야기를 들어보면 우리보다 훨씬 더 열악한 환경이었으나 그때는 지금만큼 자살률이 높지도 않았다. 과연 행복이라는 것이 환경에 좌우되는 것일까? 그건 아닌 것 같다. 환경에 좌우된다면 그때가 지금보다 자살률이 높았어야 했다. 그러니 행복과 환경 사이에는 상관관계가 없음이 분명하다.

모두가 힘들고 치열하게 살았지만 그 안에도 행복은 있었고 미소와 정도 있었다. 물질만능이 가져온 인간의 불행은 스스로 자처한 것이 아닐까. 물질이 행복을 보장해주지 않는다는 것을 머리가 아닌 가슴으로 받아들이는 사람이 많아져야 할 것이다.

이것도 글이니?

"이것도 글이니?"

"어~~~. 그래. 그거 내가 제출한 거야."

"그렇구나. 난 이건 아닌 줄 알았지."

"어~~~. 그거 이번에 내가 투고한 글이야. 어휴. 오해할 뻔했
어. 난 또 이것도 글이라고 쓴 거냐고 물어보는 줄 알았지."

"아니야. 원고가 여기에 있길래 이것도 제출한 원고인지 물어
본 거야."

"흐흐. 내가 오해한 거구나."

도서부에서 함께 활동하는 친구들은 모두 성격이 원만했다. 그
래서 그들과 비교적 사이좋게 지냈고, 남녀공학인 고등학교라서

서클 역시 남학생과 여학생이 함께 어우러져 활동했다. 도서부는 한 학년에 남학생 세 명과 여학생 세 명으로 구성되어 있었다. 1학년 때 지원해서 3학년 졸업반이 될 때까지 도서부 선후배들과 늘 도서관에서 만나고 함께 활동했다. 도서부에서는 일 년에 한 번씩 잡지를 발간했는데 그것을 준비하는 과정도 복잡했고 시간도 꽤 많이 필요했다. "이것도 글이니?"라고 물어봤던 여학생은 같은 도서부의 동기생이었고, 내가 그 질문을 들었을 때는 움찔했다. '내 글이 그렇게 형편없나?'라고 순간적으로 생각했지만 그것이 오해였다는 사실이 금방 밝혀져서 안도의 한숨을 내쉬었다. 잡지에 실을 원고를 모으는 과정에서 빚어진 해프닝이었다.

지금 돌이켜 생각해보니, 내가 글을 써 보려고 시도했던 최초의 시간까지 거슬러 올라가보면 아마 국민학교 3학년 때쯤이었으리라고 생각한다. 그때는 그냥 이야기를 지어내 소설 같은 것을 써보고 싶다는 생각이 들었다. 그래서 시도도 해봤다. 길게 쓰진 않았지만 단편소설 비슷한 것이었고 주인공의 이름은 '칠성'이라고 지었던 것으로 기억한다. 내용까지는 기억나지 않고, 그냥 노트에 조금 적어본 것이 전부였다.

중학교에 올라간 후에는 교회에서 '문학의 밤' 행사를 했는데, 그때 내가 쓴 글을 직접 낭독했다. 그리고 그런 기회가 중학교 졸업 전까지 몇 번 있었다. 이러한 활동은 내가 중학교 시절에 가장 좋아했던 과목이 '국어'였다는 사실과 무관하지 않다. 이때는 전

과목 중에서 국어, 영어, 수학을 가장 좋아하면서 가장 잘 하는 과목이었으니 학업에 대한 열의도 충만하던 시기였다. 심지어는 2학년때 2학년 전교생이 700명이었는데 세 과목(국영수)만 치르는 월례고사에서 전교 2등을 한 적도 있었다. 이 성적이 내가 받아본 것 중에서는 최고였다. 전과목 중에서 국어를 가장 좋아했기 때문에 그 시간이 항상 즐거웠고 행복했다. 지금 알고 있는 국문법 지식도 중학교 국어 시간에 대부분 배운 것들이었다.

대학교에 들어가서는 글을 발표할 기회가 더 많아졌다. 교회에서 발행하는 잡지도 있었고 학교에서 발행하는 한글·영자 신문도 있었다. 이런 기회를 충분히 활용해서 기회가 있을 때마다 투고했고, 내 글이 활자화된 것을 보는 기쁨도 누릴 수 있었다. 특히, 학교의 영자(영문) 신문에 투고했을 때는 기분이 좀 달랐다. 뭔가 큰 건을 하나 해냈다는 성취감도 맛볼 수 있었다.

군대에 가서는 일기를 계속 썼는데, 군에서는 보안과 관련된 내용은 쓸 수 없기에 그냥 신변잡기나 단상 같은 것을 기록하는 정도였다. 군에서도 일기쓰기를 멈출 수 없었던 것

은, 이미 대학교 1,2학년 때 일기의 매력에 푹 빠져서 일기 쓰기가 습관이 되어버린 후였기 때문이다.

대학원 시절엔 책 쓰기에 도전했고, 결국 보잘 것 없지만 책이라는 형태를 갖춘 얇은 소책자를 만드는 수준에까지 이르렀다. 〈26세의 비망록〉이라는 책과 〈26세의 명상록〉이라는 얄팍한 소책자를 제작했다.

이윽고 결혼식 당일에는 하객들에게 〈젊은 지성의 명상〉이라는 소책자를 나누어드렸는데 이것은 새로 쓴 책이 아니라, 〈26세의 비망록〉과 〈26세의 명상록〉을 합해 한 권의 책자로 합본 제

작한 것이었다.

그 후 직장을 여러 곳 경유하고
난 다음, 출판사를 창업한 후부터
는 책 제작에만 매진했고 그것이
오늘까지 이어지고 있다. 남이 쓴
원고를 책으로 제작하는 것도 상당
히 매력 있는 일이지만 특히 내가
쓴 원고를 가지고 책을 만들 때는
더없이 큰 기쁨과 보람을 느낀다.

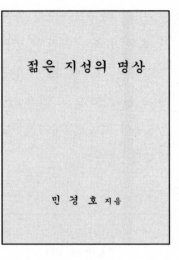

젊은 지성의 명상

민 경 호 지음

어쩌면 나는 출판인이 되기 위한 수순을 따라가며 살아온 것이
아닌가 생각한다. 과거의 전력을 순서대로 정리해보니 그런 생각
이 든다. 출판이라는 것이 내게는 천직이란 말인가? 다른 직장을
전전하며 먼 길을 돌아왔으나 결국 나는 현재 '출판인'의 모습으
로 살아가고 있다. 이런 것을 운명이라고 해야 하나? 내가 만든
길인가? 아니면 신께서 만들어주신 길을 따라 온 것인가?

국민학교 2학년 때쯤이었던 것으로 기억한다. 꿈을 꾸었는데,
꿈속에서 나는 우리 동네의 익숙한 거리를 걷고 있었다. 그런데
하늘에서 단단한 줄이 내려오더니 내 몸을 감싸는 것 아닌가. 놀
라서 당황해하고 있는데 순식간에 내 몸은 공중에 떠 있었다. 그
리고는 아래를 내려다보니, 하늘로 올라가고 있는 나를 길에 있
던 사람들이 쳐다보고 있었다. 그 꿈은 거기에서 끝났다. 그 줄은

하나님께로부터 내려온 것이라고 직감적으로 알 수 있었다. 그리고 중학생이 되었을 때 교회 수련회에 가서 하나님을 영접한 이후로 난 철저한 크리스챤이 되었다.

나는 확신한다. 내 인생에서 하나님은 길을 이끄셨고, 나는 그곳에 내 길을 만들었다고. 내가 만든 길이지만 그 길은 하나님께서 이끄신 길이었다고.

이소룡, 내 인생에 들어오다

"저, 내일부터 도장 다닐게요."

"도장이라고? 무슨 도장?"

"집에서 큰길로 나가다보면 쿵후 도장이 있더라구요. 거기 다니려구요."

"쿵후 도장에 다니겠다고? 무술을 배우겠다고?"

"네. 재미있을 것 같아요."

"참 희한하구나. 어떻게 그런 걸 배울 생각을 다 했니?"

"그럴만한 일이 있었어요."

"그래? 네가 다니겠다면 다녀봐라. 운동해서 나쁠 건 없겠지."

"네. 그럼 내일부터 등록하고 다닐게요."

"그래. 무술 이름이 '쿵후'니까, 네가 '쿵' 하고 바닥에 떨어지면 내가 '후' 해줄게."

"흐흐. 아버지가 그런 농담도 할 줄 아시네요."

대학교 2학년 여름방학 때였다. 무심코 TV를 보다가 매우 희한한 몇 장면이 눈에 들어왔다. 근육질로 덮여있는 바짝 마른 사람이 이상한 소리를 지르며 상대를 때려눕히는 장면이었다. 처음엔 심드렁하게 쳐다보고 있었지만 보면 볼수록 빠져들고 그 영화의 주인공이 멋있어 보였다. 나중에 알게 되었지만 그는 바로 그 이름도 찬란한 '이소룡' 이었다.

이소룡과의 만남은 이렇게 시작되었다. 물론 굵고 짧게 살다간 사람이었기에 내가 그에게 관심을 가지게 되었을 때는 이미 고인이 되어있었다. 그가 영화에서 보여주는 첫 인상은 너무나 강렬해서 영화를 다 보고 난 후 오랜 시간이 지나도 머릿속에서 떠나지 않았다. 그때 보았던 영화가 바로 '용쟁호투'였다. 그 영화를 본 순간부터 지금까지 난 그의 열렬한 팬이 되었다. 그를 보고 있노라면 진정한 '남자'의 기운을 느낄 수 있었다. 강인함이라는 것이 무엇인지 알 것 같았다.

'용쟁호투'에서 클라이맥스 장면이라면 단언컨대 감옥 안에서의 격투 장면이었다. 웃통을 벗어젖힌 채 맨 몸으로 적들을 때려눕히는가 하면, 달려드는 적들을 향해 쌍절곤 하나로 모조리 격퇴시키는 장면은 보는 사람으로 하여금 감탄사를 연발하지 않을 수 없게 했다. 인간 한계의 극한을 보여주는 것 같았다. 그 모습이 어찌나 통쾌하던지, 남자라면 정말 닮고 싶은 이상형이라는 생각까지 들었다. 이소룡의 무술을 보고 있자니 언뜻 뇌리를 스치고 지나가는 사람이 있었다. 성경에 나오는 '삼손'. 그는 당나귀 턱뼈 하나를 가지고 블레셋 사람 천 명을 죽였다고 한다. 이소룡이 휘두르는 쌍절곤과 삼손의 당나귀 턱뼈가 오버랩되어 보였다.

그가 하는 무술을 배우고 싶었다. 지체해서는 안 될 것 같아서 당장 그 다음날 도장으로 향했다. 수련 첫날은 당연히 몹시나 힘들었다. 수련 과정 중에 '떼이스'라는 것이 있다. 두 사람이 마주보고 팔이나 다리를 부딪혀가며 약속 대련을 하는 수련법이다. 관장님과 일대일로 팔을 부딪혀보니 이건 도무지 사람의 팔이라고 믿어지지 않았다. 그야말로 무쇠팔이었다. 팔끼리 맞닿았는데 마치 쇠막대기가 내 팔을 때리는 것 같았다. 어떻게 단련시켰길래 사람의 팔이 이리도 단단하단 말이냐…….

도장을 다닌 기간은 그렇게 오래지 않았다. 불가피한 여건으로 두 달 이상 다니지 못하고 그만두었다. 그러나 무술을 쉬고 싶지는 않았다. 도장에 다니는 것은 그만두었지만 나의 수련은 멈추지 않았다. 그 짧은 기간 동안 배우면 얼마나 배웠겠는가. 하지만 무술에 대한 나의 열정을 막을 것은 아무 것도 없었다. 그 이후로도 한 달, 두 달씩 수 년의 간격을 두고 간헐적으로 도장에 다니긴 했다. 잠깐씩 다닌 터라 내 무술에서 연속성은 찾아볼 수 없었다. 하지만 열정만큼은 우슈 국가대표 못지 않았다. 아침에 눈을 뜨고 잠자리에서 일어날 때 텀블링으로 일어날 때도 있었다. 그렇게 나는 아마츄어 무술인으로 조금씩 실력을 다져갔다.

그러나 분명히 한계는 있었다. 체계적이고 연속적으로 배우지 못했기 때문에 고작 무술 영화가 나의 스승이었고 내 무술은 그저 '흉내' 정도에 그쳤다. 그러던 중 마흔 아홉의 나이였던 재작년에 작심하고 제대로 배워보기로 했다. 쿵후 도장에서 오개월간 체계적으로 권법을 배웠고 이른바 승단 심사를 정식으로 치렀다. '소호연'이라는 권법을 마스터하고, 심사장에서 참가자들이 지켜보는 가운데 멋지게 연기해보였다. 쿵후 공인 1단 단증을 획득했다. 정말 기뻤다. 단증을 손에 쥐었으니 말이다. 이소룡이 지하에서 나를 향해 미소지을 것 같았다. 이소룡 사부님은 내 마음의 스승이고 내게 무술의 세계를 열어준 위대한 멘토다.

무술을 수련하는 일이 단지 육체만 강건하게 하는 것은 아니었다. 내 정신력에도 큰 영향을 주었으며 적극적이고 긍정적인 사고를 확장시키는 데 지대하게 이바지했다. 무술 수련을 통해서, 내가 어머니로부터 물려받았던 내성적인 성향을 상당 부분 떨쳐 버릴 수 있었고 그것은 분명 긍정적으로 작용했다.

이소룡이 출연하는 영화를 통해 그의 무술 세계를 접할 뿐 아니라 동작을 분석하고, 그에 관한 책을 읽고, 그에 대한 다큐멘터리를 시청하면서 그에 대해 더 정확한 지식을 갖게 되었다. 그에 대해 잘 모르는 사람들은 평가절하할지 모르겠으나 내가 아는 바에 의하면 그는 시대를 앞선 현자였음이 분명하다. 그가 미국에서 활동하던 당시에는 화교들이 도장을 차려놓고 운영하면서도 백인들에게는 가르치지 않았다. 또한 한 가지 무술을 익히면 다른 종류의 격투기 기술을 절대로 차용하지 않았다. 폐쇄적이고 편협한 사고가 지배적이어서 '융합'이라는 것을 허용하지 않았다. 그러나 이소룡은 어떤 격투 기술이라도 받아들일 마음의 준비가 되어있었고 실제로 각 무술의 장점을 융합하여 자신만의 독특한 무술을 창시하게 되었다. '절권도'였다.

학교 현장에서 우리는 자라나는 청소년들에게 '열린 사고'를 가지라고 말한다. 하지만 실제로 이루어지는 교육은 그와 딴판이다. 학문에서도 '통섭(consilience)'를 말하고 '융합'이나 '퓨전'을 이야기하지만 주입식 교육을 받으며 자라난 세대에게는 먼 나라 이야기일 뿐이다.

나는 이소룡에게서 '창의와 혁신'을 보았다. 무술인이면서 이렇게 열린 사고를 사람을 만나기란 쉽지 않은 일이다. 그의 포효와 몸짓이 새삼 그리워진다. 내 마음의 사부 이소룡님에게 경의를 표한다.

군대는 역시 줄이야

"기차 바퀴가 어떻게 생겼나?"

"동그랗습니다."

"뭐라고? 그게 아니다. 기차 바퀴는 네모나게 생겼다. 어떻게
생겼다고?"

"네모나게 생겼습니다."

"어떻게 가차 바퀴가 네모냐? 바보 새끼. 기차 바퀴는 동그랗
다. 어떻다고?"

"동그랗습니다."

"기차 바퀴가 어떻게 생겼나?"

"동그랗습니다."

"이 바보 새끼. 기차 바퀴는 네모나다고 말했는데 그새 까먹었

나? 기차 바퀴가 어떻게 생겼다고?"

"네모나게 생겼습니다."

"마음에 들었다 안 들었다 한다. 바보 새끼."

중대에 처음으로 배치된 날, 고참들은 신나게 신병을 골려먹었다. 쫄따구가 들어왔다며 중대 전체가 들썩이며 요란하게 축하(?)해주고 있는 것이다. 훈련소에서 신병 훈련을 마치고 자대에 배치된 이등병은 마치 어린 아이와 같은 취급을 받았다. 혼자서 화장실에 갈 수도 없었다. 항상 고참과 동행해야 하며 모든 행동을 감시받고 모든 행동에 대해 보고해야 했다. 군대는 명령에 살고 명령에 죽는다고 했던가. 그것을 뼛속 깊이 체감할 때까지는 꽤 많은 시간이 흘렀다. 왜냐하면 군대에 대한 기초 지식이나 상식 없이 입대했기 때문이었다.

'군대'는 '줄'이라고 하는데 내가 서 있던 줄은 지옥문으로 통하는 줄인 것 같았다. 우리 부대에는 중대가 둘밖에 없었다. 1중대와 2중대. 그러니까 둘 중에 한 곳에 배치되는 건 당연했다. 자대에 배치되었을 때 처음에는 2중대로 배정받았다. 그 당시에는 구타가 워낙 극심했던 시기여서 중대장이나 인사계도 고참이 신병을 구타하는 것에 대해 이렇다 할 제재를 가하지는 않았다. 군대는 그야말로 고참에게는 천국이요, 신병에게는 지옥이나 다름없었다.

처음에 2중대에 배치된 것은 아주 다행한 일이었다. 왜냐하면 신병 입장에서는 2중대가 1중대보다 훨씬 좋은 조건이었기 때문이다. 다시 말해서, 구타가 1중대만큼 심하지 않았다. 자대에 배치를 받으면 처음 적응하는 기간이 당연히 가장 힘들 수밖에 없고 시간이 지남에 따라 편해지는 것이 정상인데 나에게는 뜻밖의 불운이 찾아왔다. 2중대 생활을 한지 열흘이나 지났을까, 중대장님에게 불려갔다. 무슨 일인가 했더니 나는 1중대로 가야 한단다. 이 무슨 청천벽력같은 소리인가. 2중대에서 모진 신병 생활을 헤쳐나가며 조금씩 날이 갈수록 편해지겠거니 했는데 다시금 1중대로 배정받아 처음부터 다시 시작해야 한단다. 눈물이 핑 돌았지만 어쩔 수 없었다. 군대는 명령에 살고 명령에 죽으니까.

1중대에 갔더니 고참들의 가슴팍에 박힌 작대기 수가 2중대와는 사뭇 달랐다. 작대기를 두 개 단 일병들이 중대 병력의 절반이 넘었다. 일병이 많다는 얘기는 나와 개월 수 차이가 많이 나지 않는 고참이 중대에 수두룩하다는 얘기이고, 그 얘기는 내가 병장을 달 때까지 그 고참들이 제대하지 않고 내 고참 노릇을 한다는 얘기였다. 그러나 2중대의 병력 구조는 달랐다. 병장(작대기 네 개)이 중대의 절반을 넘었기 때문에 신병이 몇 달 만 고생해도 그들이 제대하고 나면 금방 고참이 된다는 얘기였다. 나는 그 좋은 기회를 날려버린 것이다. 줄을 잘못 섰던 것이다. 내가 원해서 그 줄에 섰던 것도 아니지만 지지리도 복이 없는 것만은 분명했다.

그러니 1중대에서의 내 군 생활이 쉬웠을 리 없었다. 거기에다가 나의 군 생활을 더 힘들게 한 요인이 또 있었다.

이등병 계급장(작대기 한 개)을 달고 신병으로서 열심히 고참들의 뒤치다꺼리를 하고 있던 중 하루는 중대장님이 부르셨다. 부대장님의 당번병으로 차출되었다는 것이었다. 그게 뭔 소린가 했더니, 부대장님의 당번병(비서)이 두 명인데 한 명이 제대하게 되어 신병 중에서 한 명을 차출해야 하고, 거기에 내가 뽑혔다는 것이었다. 분명히 기뻐해야 할 일이었다. 남들은 되고 싶어도 되지 못하는 당번병에 쉽게 뽑히다니. 모두의 부러움을 받았다. 그러나 고통의 역사는 그때부터 시작되었다. 이등병은 이등병답게 바닥에서 기어야 하는데 당번병에 차출되었으니 고참들이 나를 얼마나 시기질투하고 아니꼬워했을까. 그러니 미운 털이 박힐 수밖에.

당번병은 다른 병사들처럼 내무반 생활은 동일하게 하되, 일과가 시작되는 아침에는 출근하듯 부대장님의 당번실에 가서 일하고 업무 종료 후에는 다시 내무반으로 돌아왔다. 이등병이 거기에 가서 생활한다고 딱히 편하게 생활할 리 없건만, 고참들의 눈에는 내가 눈엣가시가 되었고 군기 빠진 병사라는 인식이 박혀버렸다. 내무반에 돌아와서는 다른 병사들과 마찬가지로 군기 든 이등병이었건만 고참들은 나를 그렇게 바라보지 않았다. 결국 나는 단체 얼차려를 받아도, 구타를 당해도 필요 이상으로 더 가혹하게 당했다.

입대할 때 가져갔던 성경 말씀 가운데 하나가 눈에 확 들어왔다. 베드로전서 2장 19~20절 말씀이다. "애매히 고난을 받아도 하나님을 생각함으로 슬픔을 참으면 이는 아름다우나 죄가 있어 매를 맞고 참으면 무슨 칭찬이 있으리요. 오직 선을 행함으로 고난을 받고 참으면 이는 하나님 앞에 아름다우니라." 이 구절을 읽고 뜨거운 눈물을 흘렸다. 깨달음이 왔다. 꿋꿋이 참아 넘겨야겠다는 마음이 들었다. 나만 떳떳하고 흠결이 없다면 하나님 앞에 칭찬을 들을 것이라고 생각했다. 애매히 고난을 받는 것도 언젠가는 끝날 것이고 그 순간을 나중에 회상하게 될 것이라고 생각했다. 그러고 보니 이 글을 쓰고 있는 이 순간 나는 그때의 그 일을 회상하고 있다. 만감이 교차한다.

사령부 무술대회

"체중 조절에 실패하면 대회에 못 나가는 것 알고 있겠지?"
"네."
"오늘은 땀복 입고 연병장 열 바퀴 돈다."
"네? 어흑."
"땀을 쫙쫙 **빼야** 체중을 줄일 수 있다."
"네. 알겠습니다."
"오전 훈련 마치고 오후엔 사우나 하러 외출한다."
"네. 알겠습니다."

 군인에게 외출은 항상 즐거웠다. 그러나 훈련을 하기 위해 외
출하는 것이 즐겁지만은 않았다. 사우나에 가는 것도 땀을 빼기

위한 것이니 뭐가 그리 즐겁겠는가. 그래도 군대 막사가 아닌 사회의 거리와 골목을 구경할 수 있다는 것만으로도 충분히 기뻐할 일이었다. 답답한 부대 안에서 다람쥐 쳇바퀴 돌 듯 같은 일만 반복하는 것보다는 훨씬 나았다. 위병소를 통과하기 전과 후는 느낌이 전혀 달랐다. 부대 안에서 맡았던 공기의 맛은, 위병소를 통과해 부대 바깥에 나와서 맡는 공기의 맛과 전혀 다르게 느껴졌다. 부대 안에선 그리도 칙칙해보이던 하늘이 위병소 바깥에선 어찌 그리 푸르고 청명해보이던지……. 부대 안과 밖의 공기가 다를 리 있을까마는 사회와 격리되어 생활하는 군인에게는 다르게 느껴질 수밖에 없었다. '행복은 마음에 달려있다'는 말이 거짓말이 아니라는 것을 군에서 절실하게 체험했다.

우리 부대의 태권도팀은 사우나로 향했다. 사우나에 도착해서는 때를 대충 밀고 나서 사우나실로 들어갔다. 입대 전에 사회에서 사우나실에 들어갔던 적이 있긴 했지만 들어가더라도 잠시 들어갔다 나오는 정도였기 때문에 강제로 들어가서 더위를 버티는 것은 내키지 않는 일이었다. 그래도 훈련이라는데 어쩌겠는가. 처음엔 떠밀리다시피 해서 들어갔지만 참는 고통이 여간 아니었다. 참다 못해 나오려고 해도 팀장이 밖에서 버티고 있어서 밀고 나오기도 어려웠다. 더 참다가 나오긴 했지만 잠시나마 폐쇄공포증 같은 것을 느꼈다. 이대로 더 있다가는 큰일 날 것 같은 공포심을 견뎌야 했다.

사령부 주최로 격투기 대회를 한다며 부대에서 선수들을 차출했다. 내가 차출된 것은 어쩌면 당연한 일이었다. 부대에 두 개의 중대밖에 없었으니 인원도 얼마 되지 않는데다가 그중에서 태권도나 쿵후, 기타 무술을 했던 사람을 찾기도 어려웠다. 그나마 사회에서 중국무술을 조금 해봤다는 이유만으로도 차출되기에 충분한 조건을 갖춘 것이 되었다. 우리 부대는 전투 부대가 아니기 때문에 태권도 훈련 시간도 그다지 많은 편이 아니었는데, 내가 발차기를 잘한다는 이유로 태권도 훈련 시간에는 훈련 조교로 역량을 발휘했던 때였다.

대회에 출전하는 팀이 편성된 후에는 내무 생활에서도 열외가되었다. 별도의 내무반에서 우리 태권도팀은 대회를 위한 조직으로 새로 꾸려졌다. 우리 부대를 대표해서 출전한다는 책임감과자부심이 동시에 생겼다. 그러나 막상 팀을 꾸려보니 뭐 변변하게 팀원들의 전력이 화려한 것도 아니고 기량도 뛰어나지 않았다. 나 역시 사회에서 혼자 수련은 많이 해왔던 터였으나 대련 한번 제대로 해 본 적이 없었기 때문에 과연 대회에 나가서 무술고수들과 겨뤄 이길 수 있을까 걱정도 되었다. 들리는 말에 의하면, 타 부대 출전자들은 태권도 3단이니 쿵후 2단이니 한다는 것이었다. 두들겨 맞아 부상이나 당하지 않으면 좋겠다는 심정이었다.

그러나 우리는 열심히 연병장도 내달리고 체력 단련도 해가면서 대회 준비에 만전을 기했다. 다행히 우리 부대 하사관 중에 키 크고 실력 있는 유단자가 있어서 도움을 좀 받았는데, 그분과 훈련할 때는 조심할 필요가 있었다. 바람 소리를 내가며 커다란 발이 눈앞에서 왔다 갔다할 때는 정신을 똑바로 차리지 않을 수 없었다. 한 대라도 맞으면 바로 땅바닥에 누울 수도 있겠다는 생각이 들었다.

체중 조절을 위해서 음식도 마음대로 먹지 못했다. 사과 한 개로 때울 때도 있었고, 간단한 음료 정도로 식사를 대신할 때도 있었다. 다소 고단한 생활이 계속 되었지만 못 견딜 정도는 아니었다. 워낙 무술을 좋아했기 때문이기도 했겠지만, 내무 생활에서 열외가 된 것만 해도 큰 다행으로 여겨졌었다. 그때만 하더라도 중대 내 서열이 낮았기 때문에 내무 생활은 고달팠는데, 팀에 들어간 이후엔 별도의 내무생활을 할 수 있어서 고참들로부터 시달림을 덜 받을 수 있었기 때문이다.

어쨌든 우리는 부대를 대표해서 무술 대회에 참가하려고 열심히 준비했다. 대회 날이 얼마 남지 않았을 때 중대장님으로부터 대회가 취소되었다는 통보를 받았다. 부대 내 사정은 알 수 없었으나 우리는 대회에 출전하지 못했고 얼마 후 팀은 해체되었다. 그러나 내게는 아주 소중한 추억으로 남아있다. 오로지 무술 연습만 하기 위해 팀으로 활동했던 시간들이었기 때문에 사회에서 해보지 못했던 값진 경험을 할 수 있어서 좋았다. 사회에서 권투

챔피언이 되기 위해 생활비를 벌어가며 훈련에 임하는 헝그리 복서와 비교한다면 우린 행운아였음에 틀림없다. 군대에서 먹여주고 재워주고 입혀주면서 무술 수련만 하라고 했으니 얼마나 감사할 일인가.

군대생활을 통해 감사해야 할 일이 한 가지 더 있다. 부대 내에서는 신문 한 장도 소중하게 다룰 물건이었다. 왜냐하면 사회에서 찍은 사진이 신문에 실려 있었기 때문이다. 사회의 소식도 궁금했지만 신문에 실린 사진을 보면서 사회를 그리워하며 동경했다. 나가고 싶어도 나가지 못하는 신세, 그리워도 가지 못하는 신세가 얼마나 애처로운가. 그 애처로움의 뒷면엔 '감사함'이 있다. 군에 있을 땐 애처로움이지만 사회에 나오면 그것이 감사함으로 바뀐다. 군대는 나에게 '평범함으로부터 오는 감사함'이 무엇인지 가르쳐준 인생의 학교였다.

장기 자랑

"사은회에서 뭘 보여주겠다고?"

"그래. 준비한 게 있지."

"그래? 보여줄 게 뭘까? 모르겠는데."

"쿵후 실력을 보여주려고."

"엥? 사은회 모임은 그런 모임이 아니잖아?"

"그렇지. 교수님을 모시고 그동안 감사했다는 표시를 하는 모임이라는 건 나도 알지. 그렇지만 감사만 할 게 아니라 이만큼 성장했다는 걸 보여주는 게 사은회 아니겠냐?"

"흐흐. 네가 괴짜라는 건 익히 알고 있지만 이건 좀 무리하는 거 아니냐?"

"난 한국 사람들의 모임 문화가 너무 식상하다고 생각해. 그냥 모여서 술 마시고 헤어지는 게 전부 아니냐. 그게 재미있냐? 뭔가 특별한 게 있어야지."

"그것도 일리는 있다만……. 난 단지,……. 그래. 네가 알아서 해라. 난 그냥 구경이나 할게."

"한 번 뿐인 사은회를 특별하게 만들어보자고. 흐흐."

사은회 모임에서 무술 실력을 뽐내 보이겠다는 발상 자체가 매우 특이했다. 점잖은 자리에서 그게 무슨 해괴망측한 사건이란 말인가. 그런데 그 사건의 주인공이 나였으니 기가 찰 노릇이었다. 사은회는 자그마한 음식점에서 교수님과 학생들이 식사를 함께하는 것으로 계획되어 있었다. 모임의 사회자는 우리 과에서 가장 유쾌한 친구가 맡았는데, 내가 계획한 이벤트(?)에 대해서는 나와 그 이야기를 함께 나눈 친구, 그리고 사회자만 알고 있을 뿐이었다. 식사를 하고 술잔을 돌려가며 흥이 무르익은 시점에 사회자가 다음 순서를 소개했다. 교수님과 친구들은 그 다음 상황이 어떻게 전개될지 몰라 어리둥절해하는 눈치였다. 이윽고 내가 호명을 받고 앞에 나갔다. 우선, 자리를 정리해야 할 필요를 느꼈다. 왜냐하면 그 공간에서 자유롭게 무술 연기를 펼치기에는 자리가 협소했기 때문이다. 결국 공간을 확보하기 위해 교수님과 친구들은 모두 벽에 바짝 붙어 앉아야 했다. 가까이 있다가 다칠 수도 있으니까. 시작하기에 앞서 중국식 인사를 마친 후 바로 권법 연기를 시작했다. 찌르고 차고 구르기를 여러 차례 한 뒤 텀블링을 해서 일어나는 동작으로 끝내고 숨을 가다듬었다. 잠시 2초간의 침묵이 흐른 뒤 우레와 같은 박수 소리가 귀를 쩌렁쩌렁 울렸다. 친구들은 나에게 놀라면서도 존경하는 눈빛을 연신 보내왔다. 난 그저 미소로 화답했다.

사진은 학과 MT행사 때 선보인 장기자랑

그 일이 있은 후 친구들을 만났을 때 한 녀석이 나에게 물었다.

"무슨 정신으로 그런 연기를 한 거야?"

내가 대답했다.

"무슨 정신은 무슨 정신이야? 무사 정신이지."

그랬다. 나는 스스로를 무사라고 생각했다. 그 생각은 지금까지 이어지고 있다. '모름지기 무사라면 배가 나와서는 안 된다' 든지, '무릇 무사라면 텀블링 정도는 가뿐히 해야 하는 것 아니냐' 와 같은 생각들이 지금도 내 의식 깊은 곳에 자리 잡고 있다. 사회생활을 시작하고부터는 특별히 무술 연습을 할 만한 여건을 만들기 어려웠기 때문에 사실상 수련은 어려웠다. 하지만 20대 초반에 강하게 단련시켜놓은 근육과 무사 정신은 그 이후로도 꽤 오래 갔다. 근육 단련을 하지 않아도 10년가량은 근육이 거의 그대로 유지되었던 것 같다. 30대 중반에 병원에서 건강 검진 결과에 대해 들은 적이 있는데, 온 몸이 근육으로 덮여있어서 체지방이 거의 0%에 가깝다는 것이었다. 속으로 생각했다.

'당연한 얘길 하는군.'

대학교 2학년 때, 연무대에 가서 군사훈련을 받았다. 우리 학교에서 이 훈련을 받아야 하는 대상자들은 내 또래 남학생들 대부분이었으니 그 수가 꽤나 많았다. 오와 열을 맞춰 연병장에 집합하면 끝이 까마득하게 보일만큼 많았다. 집체 훈련을 계속하다가 이윽고 쉬는 시간이 되었다. 처음부터 그런 계획이 있었는지는 모르겠으나 한 줄에 한 명씩 나와서 장기자랑을 하라고 했다. 그 순간 생각했다. 속으로 '내 이름을 불러 줘, 얘들아.' 차마 내가 나가겠다고는 못하겠고 남들이 추천해주면 나가야겠다고 생각하고 있었다. 나를 아는 친구들은 내가 쿵후에 심취해있다는 사실을 잘 알고 있었다. 우리 줄에서 누군가가 내 이름을 연호하기 시작했다. 다른 친구들도 따라 외쳤다.

"민경호. 민경호. 민경호. 경호야, 나가서 보여줘."

나는 못 이기는 척하며 앞에 나갔다. 나를 처음 본 학생들은 내가 노래를 부르거나 춤을 출 거라고 생각했을 것이다. 장기자랑에 춤과 노래 외에는 없었으니 말이다. 하지만 남들과 비슷한 것을 싫어했던 나로서는 춤이나 노래 따위엔 관심이 없었다. 우선, 중국 무술을 보여주겠다고 말하고 난 후, 중국식 인사를 하고 바로 권법 연기에 들어갔다. 우레와 같은 박수 소리가 연병장을 뒤흔들었다. 그 넓은 연병장에서 나는 그렇게 쿵후 스타가 되었다.

학교를 졸업하고 ○○물산에 지원해 신입사원 연수교육을 받았을 때도, 연수 마지막날 자신의 기량을 마음껏 뽐내보라는 회장님의 한 마디에 고무되어 쿵후 연기를 펼쳤다. 회장님은 내 패기가 마음에 들었던지 비교적 좋은 부서에 배치해주었다. 학습지 회사에 다닐 때도 회사 체육대회 장기자랑 시간에 혼신의 무술 연기를 펼치는 바람에 그것을 관람했던 나이 많은 아줌마 사원들에게까지 스타 대접을 받았다. 이후에 옮겼던 다른 직장에서도 직원 연수 교육을 받기 위해 모인 호텔 내 교육장에서 쌍절곤 연기를 펼쳐 모두의 주목을 받았다. 교회 체육대회에서도 자원해서 쿵후 연기를 펼쳐 '매우 독특한 집사'라는 인상을 심어주기도 했다.

다소 엉뚱하고 비상식적인 행동을 했던 것도 사실이나, 그것이 오히려 오늘날 나만의 길을 가게 하는 뚝심과 고집을 자아낸 것이 아닌가 생각한다. 회식 자리에서 술 마시고 노래하는 것만큼 뻔하고 재미없는 일이 또 있을까. 오늘 모여도, 내일 모여도, 10

년 후에 모여도 회식의 형태는 달라지지 않는다. 이 '뻔함'으로부터 벗어날 때 창조적 파괴가 만들어지는 것 아닐까?

애플이 TV광고를 통해 보여주는 특이함 또한 이와 비슷한 맥락에서 이해해야 할 것 같다. 애플이 스마트폰 광고를 하면서 대표적으로 내세운 문구가 있다. 'Think different' 라는 것이다. 우리말로 옮기자면 "다르게 생각하라."라고 할 수 있겠다. 남과 다르게 생각하고 남과 다르게 접근하는 것이 새로운 창조의 시작점이다.

대청봉에 오르던 날

"조금만 더 올라가면 돼."

"힘 다 빠졌어요. 좀 쉬었다 가면 안 될까요?"

"넌 20대잖냐. 40대도 올라가는데 20대가 그러면 되겠냐?"

"선배, 그래도 이건 강행군이잖아요."

"군대에서 행군 안 해봤나?"

"여기는 군대가 아니잖아요."

"그냥 군대라고 생각해."

"사회를 어떻게 군대라고 생각합니까? 사회는 사회지."

"군바리정신 없으면 사회생활도 못한다."

"그냥 취직이나 했으면 이렇게 돈 안 되고 고생만 하는 일은 안 했을텐데, 엄청 힘드네요."

대학원생은 사실상 지도교수의 심부름꾼이나 마찬가지였다. 출장을 가라면 가야 하고 과제를 내주면 해야 했다. 박사과정 중인 40대 아저씨 선배는 나를 항상 데리고 다녔다. 설악산 대청봉에 오르는 것이 낭만으로만 가득한 건 아니었다. 그때도 역시 선배는 나를 데리고 지도교수가 지시한 과업을 수행하기 위해 대청봉으로 올라가고 있었다. 등산을 즐기기 위해 산에 오른다면 여행 내내 즐거웠겠으나 이건 순전히 목적 달성을 위한 강행군이었으니 '즐긴다'는 말은 이 상황과 전혀 어울리지 않았다. 우리는 대청봉 정상에 자생하는 산림 군락의 특성을 조사하기 위해 힘겨운 발걸음을 떼고 또 뗐다.

학교에서 스승과 제자의 관계도 '도제식'이라고 할 수밖에 없었기 때문에 윗선의 지시를 거역한다는 것은 있을 수 없는 일로 치부되었다. 우리 모두는 그 시스템에 적응했고 그것을 당연한 것으로 받아들였다. 군대에서 그랬듯이.

대청봉에 올랐던 날이야말로 이 생활을 계속 해야 하나 말아야 하나 고민하게 하는 자괴감으로 가득한 하루였다. 그 하루에 엄청나게 많은 일들이 이루어졌으니 지금 생각해도 내가 한 일이 믿어지지 않는다. 설악산 초입에 있는 설악동에서 대청봉 정상까지는 산길로 약 10km가 넘는 거리다. 평지가 아닌 산길이기 때문에 하루에 정상까지 오르는 것도 만만찮은데 그날은 그 한계를 넘어섰다.

아침 일찍 채비를 하고 설악동에서 출발했다. 지치고 기운 내기를 수없이 반복하고 나서야 겨우 정상에 도달했다. 우리는 과제를 수행했다. 그리고 당연히 정상에서 가장 가까운 대피소에서 1박을 하는 것으로 생각하고 있었다. 하지만 과제를 마친 후 선배는 바로 하산하자고 했다. 서서히 어두워져가고 있는데 하산을 하자니…….

나는 항변하고 싶었으나 이 비슷한 일이 전에도 있었기에 그냥 내려갈 수 있는 데까지 내려가자는 심사로 뒤따라 내려갔다. 조금 지나니 날은 어두워지고 랜턴을 비추지 않으면 앞이 보이지 않았다. 이 거대한 산에 불빛은 단 두 개. 앞에 무엇이 있는지 잘 보이지도 않는 산길을 터벅터벅 내려가고 있었다. 점점 지쳐가고 졸음은 쏟아지고 몸이 점점 말을 듣지 않는 지경까지 곤두박질치고 있었다. 선배를 뒤따라가며 한 가지 상상을 해봤다.

'내가 만일 점점 뒤처지다가 선배를 놓치기라도 하면 어쩌지? 난 이 거대한 산 중간에서 미아가 되어버리는 걸까? 길을 잃고 헤매다가 체온은 떨어지고 저체온증으로 죽을 수도 있겠구나.'

생각이 여기까지 미치자 속에서 화가 나기 시작했다.

'내가 이렇게까지 해야 하나? 무엇을 위해서? 선배를 위해서? 지도교수를 위해서? 아니면 나를 위해서?'

뭐가 뭔지 모르겠고 결론도 나지 않는 생각이 머릿속에서 뒤엉키고 몸은 천근만근 늘어지고 있었다. 화가 머리끝까지 나니 오히려 몸에서 힘이 솟았다. 나는 선배를 앞질러버렸다. 선배 앞을 추월해 지나가면서 한 마디 던졌다.

"저 먼저 갑니다. 천천히 오세요."

어디에서 그런 힘이 나왔는지 모르겠지만 난 이미 선배를 추월해 앞장서서 걸어가고 있었다. 선배는 내 뒤를 조용히 따라왔고 내가 몹시 화가 났다는 것을 알아차렸다. 그러나 얼마 못 가서 기운이 빠졌고 결국 뒤따르던 선배와 나란히 걸어가게 되었다. 선배는 내가 화난 것을 감지했던 터라 어떤 식으로든 마음을 풀어주려 했을 것이다. 결국 우리는 합의 하에 마지막 산장(양폭산장)에서 자고 가기로 했다.

산장에서 자고 일어나 길을 떠나기 위해 등산화를 신으려고 했더니 발이 들어가지 않았다. 발이 퉁퉁 부어 있었다. 꽉 끼는 등산화 안에 발을 구겨 넣으려고 애썼던 기억이 지금도 선명하다.

이 에피소드는 여기에서 끝나지만, 나의 대학원 시절을 돌아보니 희로애락이 주마등처럼 스쳐간다. 제주도에 가서 비오는 날 바닷가에서 비를 막기 위해 검은 쓰레기봉투를 비옷인양 거꾸로 뒤집어쓰고 선배와 함께 작업했던 일, 선배와 함께 지방에서 차를 몰고 가다 세워놓고 도시락을 꺼내 마늘을 고추장에 찍어먹던 일, 지도교수님 이하 후배 두 명과 목포까지 차를 몰고 가 카페리호에 차를 싣고 제주도까지 배로 이동했던 일, 후배가 모는 자동차가 시속 120km를 넘으면서 차에 부딪히는 바람 소리가 마치

비행기가 이륙할 때 들리는 공기 찢는 소리와 비슷하다면서 깔깔대던 일 등등, 젊은 날의 아름다웠던 추억들이 내 가슴을 낭만으로 적신다.

또, 학업에는 그다지 열중하지 않고 그 대신 글쓰기에 푹 빠져 지냈으나 내가 그 2년간 글쓰기에 온통 매달려 살지 않았다면 과연 현재 글쓰기 선생을 할 수 있었을까 라는 생각에 이른다. 결국 인생에서 쓸모없는 시간과 쓸모없는 사건은 없다는 생각이 든다. 왜냐하면 그것 하나하나가 모여 내 인생이 된 것이니까. 내 인생에서 그 2년을 제하여 버릴 수도 없지만, 제한다면 난 지금 글쓰기 강사를 할 수 없을 것이다. '전화위복'(轉禍爲福)과 '새옹지마'(塞翁之馬)라는 말이 있다. '양지가 음지 되고 음지가 양지 된다'는 말의 의미도 바로 이런 것 아닐까? 내 인생에서 버릴 것은 아무 것도 없다. 그 모든 사건은 내 것이고 그것이 바로 나니까.

학습지 교사

"아이가 잘 따라 하네요. 다음 주까지 숙제는 24페이지까지니까 어머니가 점검 좀 해주세요."

"선생님이 잘 지도해주시니까 저는 별로 할 일이 없어요."

"네. 지금 나가는 진도로 봐서는 선행학습이니까 아주 잘 따라 하고 있는 겁니다. 아이에게 좀 어려울 수 있거든요."

"다음 주에는 저와 아이가 집에 없을 겁니다. 숙제한 학습지를 문 앞에 기대놓을 테니까 그냥 수거해 가세요. 숙제는 제가 꼼꼼히 점검하겠습니다."

"네. 그러면 다음 주 말고 그 다음 주에 뵙겠습니다."

"네. 수고해주세요.

방문 학습지 교사는 하루에 스물다섯 가정 혹은 삼십 가정을 관리해야 했다. 한 집에 두 자녀가 함께 회원인 경우도 있고, 한 아이가 두 과목 이상 공부하는 경우도 있었다. 정규직 교사 외에도 사업부제 교사들은 마치 자영업자처럼 자신의 회원들을 관리하며 수당을 받아가는 시스템이었다. 정규직 교사는 받는 월급이 뻔했지만 사업부제 교사 중에는 꽤 많은 수당을 챙겨가는 능력 있는 교사가 여럿 있었다.

나는 어문 교사였기 때문에 영어, 국어, 한자 회원들을 관리했다. 또 수학을 가르치는 교사를 수리 교사라고 불렀다. 초등학생부터 중학생까지 올망졸망한 아이들을 가르치다 보니 '가르친다'기보다 '관리한다'는 표현이 더 적합할 것 같았다. 회원들을 탈락시키지 않고 최대한 오래 관리하는 것이 목표였다. 모든 영업조직이 그렇듯이.

내 회원 중에는 이름만 대면 누구나 알 수 있는 회사 대표의 자녀도 있었다. 그 집은 주택가에 위치하고 있었는데 대지가 넓고 멋스러우며, 집안의 분위기도 매우 온화하고 정감이 넘쳐흘렀다. 아이의 어머니는 젊고 예쁘고 친절했다. 그 당시엔 가정집에서 에어컨을 트는 경우가 흔치 않았던 때라 여름에 그 집에 방문할 때면 에어컨 바람을 맞을 수 있겠다는 기대를 했던 기억이 난다.

방문 학습지 교사는 매주 한 번씩 아이들의 집에 방문하여 학습지를 공부시키고 숙제를 내주고, 그 지난주에 풀이한 학습지를 수거해오는 일을 했다. 아파트에 사는 아이들을 관리할 때는 그다지 이동 거리가 많지 않지만, 주택에 사는 아이들을 관리할라치면 다리가 너덜거릴 정도로 걸을 각오를 해야 했다. 그러니 주초에는 쌩쌩하던 다리가 주말에 가까워지면서 후들거리는 것은 어쩔 수 없었다. 겨울에는 따뜻하게 입고 다니면 그래도 좀 견딜만했지만 여름이 문제였다. 이 집에서 저 집으로 이동하면 걸을 때는 약간의 바람을 맞으니 그나마 견딜만해도 도착해서 자리에 앉는 순간 머리끝에서부터 땀이 비오듯 했다. 인사를 하고 나올 때쯤엔 약간 체열이 내려가지만 또 다른 집에 이동해서 자리에 앉으면 또 비오듯 땀이 났다. 그날 하루에 관리할 모든 학생들을 다 만나고 나야 이 모진 순환은 끝이 났다.

결국 생각다 못해 중고 오토바이를 한 대 구입했다. 주택가 회원들의 집을 방문할 때는 오토바이가 진가를 발휘했다. 걷는 거리로는 만만치 않은 거리였지만 오토바이를 이용하면 어렵지 않게 이동할 수 있으니 이보다 뛰어난 업무 효율성이 어디에 있겠는가. 오토바이와의 인연은 이때부터 시작되었다.

방문 학습지 교사를 할 때는 강의실에서 강의하는 선생님들이 부러웠다. 강사들은 학생을 만나러 돌아다니지 않아도 되니까. 그러나 수년이 지난 후엔 더 이상 부러워하지 않아도 되었다. 내가 학원에서 강의하는 강사가 되었으니까.

　30대 초반 경험했던 일련의 사건들이 지금은 추억으로만 남아
있다. 그때는 학교를 졸업한 후 사회를 처음으로 경험했던 터라
많이 미숙했고 혼란스러웠다. 좌충우돌했으며 먼 미래에 대한 계
획 같은 건 없었다. 현 시점에서는 나의 '인생곡선 그래프'를 그
릴 수 있지만 20대 후반에는 나의 그래프가 어떻게 그려질지 전
혀 예측할 수 없었다. 어느 길로 가야 하는지 알려주는 사람도 없
었고, 나 또한 뚜렷한 목표나 방향타를 쥐고 있지 않았다. 그저
하루하루에 충실하자는 생각뿐이었지만 조금 더 내 인생에 대한
구체적인 청사진을 가지고 있었더라면 어땠을까 하고 생각해본

다. 크게 달라질 것이야 없었겠지만 뚜렷한 목표가 있었다면 막연한 두려움 같은 것이라도 덜어낼 수 있었을 것이라고 생각한다.

후회나 원망은 없다. 난 그저 최선이라고 생각하는 길을 걸어왔을 뿐이니까.

직장을 그만두다

"오랜만이다."

"그래. 그동안 어떻게 지냈어?"

"잘 지냈지. 잘 지냈다고 해야 하나 잘 못 지냈다고 해야 하나. 아무튼 잘 지냈어."

"그동안 연락이 없어서 궁금했지."

"그래. 뭐 바쁘다보니 연락도 못 하고 지냈지. 한 가지 궁금한 것이 있어서 보자고 했다."

"뭐든지 물어봐라."

"실은 내가 어제 직장을 그만뒀거든. 이제 나도 너처럼 학원 강사를 해보려고 한다."

"뭐라고? 학원 강사를 하겠다고?"

"그래. 해 본 일은 아니지만 지금부터 해보려고."

"허허. 경력이 없으면 처음엔 힘들텐데."

"처음에 힘들지 않은 일이 있겠냐? 너는 강사를 오랫동안 해왔으니까 너한테 조언 좀 구하려고 만나자고 했다."

"그래. 내가 아는 건 알려줄 수 있지만 그게 말로 설명한다고 되는 게 아니라서……."

"그래도 잘 부탁한다. 간접 경험이라도 하고 부딪혀보면 아무래도 좀 낫겠지. 흐흐."

직장에서 나온 다음 날 친구에게 찾아가서 조언을 구했다. 그는 이미 오래 전부터 강사 생활을 해왔던 친구이기에 조언을 많이 해줄 것 같았고 실제로 도움이 되는 이야기를 친구로부터 많이 들을 수 있었다. 하지만 실제로 강사 자리를 구하는 과정이나 시강(시범 강의)을 하는 것은 쉽지 않았다.

학교 다닐 때 영어를 곧잘 했기에 영어 강사를 하는 게 가장 낫겠다는 생각이 들었다. 하지만 영어를 전공하지 않은 사람이 이력서를 내밀 곳은 기껏해야 초등학생들이 다니는 보습학원이나 중학교 사설 학원 정도였다. 나중에는 고등학교 1학년 학생들까지 가르치긴 했으나 그 이상의 고학년을 가르치는 것은 무리일 듯 싶었다.

직장에서 나온 후 바로 일자리를 구해야 할 상황이었다. 모아

놓은 돈이 없으니 시간적인 여유가 있을 리 만무했다. 강사가 되기로 결심한 이상 열심히 강사 자리를 알아보는 것밖에 다른 도리가 없었다. 아침에 일어나면 동네를 돌며 벼룩시장과 같은 가판대 무료 신문 여러 장을 수거해다가 집에 와서, 학원에서 올린 강사 모집 광고를 찾아 빨간 펜으로 표시하고 순서대로 전화를 했다. 그나마 학원 원장님과의 약속이 잡히면 다행이지만 그것도 쉽지 않았다. 하루에 네댓 곳은 돌아다니며 면접을 치러야 하는데 노순(방문지를 찾아가는 길의 순서)을 시간대별로 맞추기도 쉽지 않았고, 학원에 무사히 도착해도 원장님을 기다리게 되는 경우가 허다했다.

매일 하루에 다섯 통의 이력서를 손으로 쓰고 봉투에 넣어 양복 상의 주머니에 넣고 다니며 내 신세가 어쩌다 이렇게 되었나 자괴감도 들었고 눈물도 흘렸다. 그때 나이가 서른 둘이었다. 이때 생각난 것이 괴테의 명언이었다. '눈물 젖은 빵을 먹어보지 못한 자와는 인생을 논하지 말라.'

시강(시범 강의)은 더욱 어려웠다. 중학교 영어를 가르치기 위해서 중학생들이 주로 공부하는 성문기초영문법 책을 사다놓고 시강용 교안을 만들어 연습했다. 어렵사리 원장님을 만나면 간단한 면접을 마치고 시강을 했다. 넓직한 강의실에서, 학생들이 앉는 자리에 원장님 한 분이 앉아있으면 그때부터 원맨쇼를 해야 했다. 원장님은 심사위원이 되어 강사의 몸짓과 목소리 톤, 그리고 청중을 압도하는 리더십과 실력을 한 번의 시강으로 평가했다.

수없이 낙방을 하고 처음으로 합격한 곳은 서울에서도 낙후된 지역에 있는 허름한 건물에, 교실이라고는 쪽방과 다를 바 없고 학생 수도 많지 않은 최하위급 학원이었다. 이력서를 품에 넣고 다닌 지 세 달만이었다. 결국 90일 동안 실업자였던 셈이다. 그나마 실력이 없다는 이유로 45일 만에 해고되었다. 그도 그럴 것이 경험이 전무한 강사가 오죽했으랴. 45일간 버틴 것도 용한 일이었다. 그 이후로도 많은 곳에 면접을 다녔는데 그나마 새롭게 학원을 옮길 때마다 합격하는 데 걸리는 시간은 적게 들어서 좋았다. 실력과 자신이 붙었을 때부터는 월급을 더 받기 위해 다른 학원으로 옮기면서 스스로 그만둔 곳도 여럿 있었다. 학원 강사들은 원래 더 좋은 조건을 제시하는 곳으로 옮기는 것이 불문율처럼 되어있으니 독자들은 오해 없으시길……. 4년간 학원 강사 생활을 했는데 나중에 통계를 내보니 그동안 거쳐간 학원 수가 십여 곳이고 이력서를 들고 다니며 면접을 치른 곳이 이백여 곳이었다.

학원 강사를 시작한 후 1년이 되기 전에 출판사를 창업했으니 나머지 3년간은 학원 강사와 출판사 사장을 겸한 투잡(two job) 기간이었다.

나의 30대와 40대 시절은 도전과 고난과 성취가 동시에 이루어진 기간이었다. 앞도 뒤도 돌아볼 겨를 없이 전진하는 것만이

생존할 수 있는 길이었고 맨 땅에 헤딩할 수밖에 없는 상황이었다. 이제 돌이켜보면 내가 걸어온 길 외에 다른 곳으로 통하는 길은 거의 없었다. 선택의 여지가 많지 않은 길이었다. 그것이 아마 내 운명이었으리라.

후회는 없다. 치열하고 서글펐지만, 그리고 힘들었지만 보람 있었고, 돌이켜보면 아름다운 날들이었다. 다시 과거로 돌아간다 해도 딱히 다른 선택을 했을 가능성은 거의 없어 보인다. 감사할 따름이다.

동상에 걸린 발가락

오토바이가 차가운 아스팔트 위를 달리고 있었다. 수은주는 영하 10도 아래로 뚝 떨어졌다. 이렇게 추운 날씨에 오토바이를 타면 체감온도는 상상할 수 없을 만큼 곤두박질친다. 뼛속까지 파고드는 한기가 온 몸 구석구석 전해진다. 그러나 난 추위 같은 것에 신경 쓸 겨를이 없었다. 그건 한가한 사람들이나 하는 얘기일 뿐, 당장 해결해야 할 일이 있는 사람에게 추위 같은 건 안중에도 없었다. 오토바이를 타고 가는 내내 눈에서는 눈물이 흐르고 있었다.

'안 돼. 안 돼. 안 돼. 하나님 제발……. 이게 잘못 되면 저에게 더 이상 기회는 없을 겁니다. 어떻게 시작한 일인데요. 제발 하나

님……'

그리고, 입으로는 시편 말씀을 계속 중얼거렸다.

"내가 사망의 음침한 골짜기로 다닐지라도 해를 두려워하지 않을 것은 주께서 나와 함께 하심이라. 주의 지팡이와 막대기가 나를 안위하시나이다."(시편23:4)

돈 한 푼 없이 시작한 사업인데 첫 단추부터 잘못 끼워진 것이다. 이 문제를 해결하기 위해서는 오토바이를 타고 거래처에 신속히 가야 했다. 출판사를 창업하고 첫 책을 만든 때였다. 이 책이 잘못되면 더 이상 나에게 기회는 찾아오지 않을 것 같았다. 그도 그럴 것이 자본금이라고는 전혀 없었기 때문이다. 첫 번째 신간 책을 만들 여건이 안 되었지만 다행히 아버지께서 도와주셨다. 신간 책을 만들 비용만 주신 것이다. 자본금이라면 이것이 전부였다. 사무실도 없으니 집기가 있을 리 만무하고, 직원을 채용하는 것은 꿈도 꾸지 못할 형편이었다. 그렇다고 해서 다른 출판사에서 업무 경험을 쌓은 것도 아니었다. 이로 보나 저로 보나 내가 사업을 해서 성공할 확률은 말할 것도 없고, 창업만이라도 할 수 있는 확률 역시 거의 없어 보였다. 가진 것이라고는 아버지에게서 받은 책 초판 제작비가 전부였다.

이렇게 어렵게 시작한 사업인데 인쇄소로부터 첫 번째 신간 책을 받아보는 순간 기겁하지 않을 수 없었다. 그 당시 나도 아마추어 수준이었지만 그 인쇄소 사장님도 형편없는 수준이었다. 원래 단행본 책을 만들 때 표지는 250아트지를 쓰는 것이 가장 좋은데, 책을 받아보니 표지가 200아트지로 씌워져 있었던 것이다. 아마추어 수준인 내가 봐도 이건 아니다 싶었다. 나중에 이야기를 들어보니, 그 사장님은 학원 교재를 주로 만들었기 때문에 단행본 책을 만들어 본 경험이 거의 없었다는 것이다. 결국 인쇄소 사장님과 만나 이 문제를 해결하기는 했지만 그때의 끔찍한 기억은 지금까지도 진한 울림을 준다.

영하의 추운 날씨였음에도 추위를 잊을 만큼 절실했다. 그 결과 발가락에 동상이 걸리고 말았다. 나이가 서른에서 한참 넘었는데 아이들이나 걸리는 동상에 걸렸으니 체면이 말이 아니었지만 그 이후에도 난 줄곧 동상 걸렸던 이야기를 부끄럽지 않게 말하고 다녔다.

오토바이에 얽힌 이야기는 하나 더 있다. 사업을 시작하고 나서 수 년이 흘렀을 때였다. 누구나 그렇듯이 사업 초기에는 말할 수 없이 힘들었고 하루하루가 살얼음판을 딛고 나아가는 형국이었다.

그러던 어느 날 꿈을 꾸었다.

내가 열심히 어디론가 오토바이를 타고 신나게 가고 있었다. 도로 위를 주시하며 주행하던 나는 시야가 좀 달라지는 것을 느졌다. 이게 웬일인가. 도로가 내 아래에 보이기 시작했다. 오토바이가 하늘로 들려 올라가고 있었다. 당황해하면서 주위를 둘러보았다. 자세히 보니 오토바이 아래에서 뭔가 커다란 물체가 떠받치고 있는 것이 아닌가. 마치 항공모함 같았다. 어마어마하게 큰 배의 갑판 선두 부분에 오토바이가 고정되어있고 그 위에 타고 있는 나도 함께 떠오르는 것이었다. <타이타닉> 영화에서 레오나르도 디카프리오와 케이트 윈슬렛이 두 팔을 벌리고 환호하는 장면처럼, 오토바이와 나는 한 몸이 되어 솟아오르는 항공모함 위에 고정되어 있었다. 더 이상 오토바이로 질주할 필요가 없었다. 그냥 항공모함 위에서 아래를 바라보기만 하면 되었다. 거대한 힘에 맡기고 나는 단지 그 상황을 즐기기만 하면 되는 것이었다.

꿈에서 깬 후, 나름대로 꿈을 해석해보았다. 모태신앙을 가진 나로서는 신앙적으로 해석하는 것이 가장 자연스러웠다. 바로 깨달음이 왔다. 오토바이야말로 내게는 상징적인 물건이다. '일'을 나타내는 상징물이나 다름없었다. 왜냐하면 오토바이를 타고 거래처에 다니며 모든 일을 처리했기 때문이다. 내가 현재 애쓰며 하는 일이 결국은 내가 애쓰지 않아도 하나님의 손에 의해 성취될 것이라는 믿음이 생겼다. 꿈에 나타났던 항공모함은 하나님의 손이었다.

첫 손님

"홈페이지를 만들면 그걸 보고 손님들이 전화를 할까?"

"인터넷 홈페이지가 없는 것보다는 낫지 않을까?"

"그래, 없는 것보다는 낫겠지. 그럼, 어떻게 시작해야 할까? 그걸 만들려면 홈페이지 제작 기술이 있어야 할텐데."

"그러게. 쉽지는 않겠네. 방법을 찾아봐. 당신은 똑똑하니까 방법도 찾아낼 거야."

"가진 돈도 없고 기술도 없고 뭐 그냥 맨 땅에 헤딩하는 기분이야."

"처음엔 다 그러는 것 아니겠어? 다 갖춰놓고 할 수도 없는 노릇이고."

"그렇지. 가진 것 없이 시작하는 놈이 믿을 건 젊음밖에 더 있겠나? 그나마 내가 가지고 있는 걸 최대한 활용하는 수밖에."

"장비가 하나도 없는데 일하기 어렵지 않을까?"

"컴퓨터는 한 대 있지만 프린터도 없고 스캐너도 없고. 언젠가는 구입해야 할 거야. 지금은 없으니까 일단 형이 집에서 쓰는 프린터라도 빌려와야겠어."

"그래. 나중에 형편이 되면 그때 사."

이리도 초라할 수가. 사무실도 없고, 장비도 없고, 돈도, 기술도, 경험도, 직원도 없었다. 내가 가진 것이라고는 처와 자식, 전세방, 젊음과 도전정신뿐이었다. 막상 내 사업을 시작하려니 불가능한 조건이 한두 가지가 아니었다. 거의 불가능이라고 해도 과언이 아니었다. 이전에 출판사에 잠깐 다닌 적은 있었지만 그야말로 잠깐이라 경력에는 전혀 도움이 되지 않았다. 또한 회사에서 했던 일이 출판과는 상관없는 업무였기에 실무적으로 보탬이 되는 경험은 전혀 없었다. 그런 상태에서 출판사를 차린 것이다. 차렸다기 보다도 출판 등록을 마친 것이었다.

출판 등록을 마치고 나서 모든 업무를 집에서 처리했다. 그나마 가정용 컴퓨터가 한 대 있었기에 문서를 저장하고 사무를 보는 데는 지장이 없었다. 방 두 칸짜리 전셋집에서 살았던 터라 방하나를 사무실로 꾸몄다. 꾸몄다기 보다 그냥 배치를 그렇게 했다. 넓은 책상 하나를 방 한 가운데에 위치시키고 그 위에 컴퓨터만 하나 달랑 올려놓아보니 제법 사무실 같은 분위기가 연출되었다. 결국 살림방은 두 개에서 하나로 줄었다.

사무실은 일단 이렇게 갖춰놓았지만, 회사라면 판매할 상품도 있어야 하고 마케팅도 해야 하는데 이런 것이 갖춰져 있지 않았다. 다행히 아버지로부터 받았던 원고가 있었기에 그것을 책으로 제작해서 서점에 내놓을 계획을 세우고 있었다. 그런데 막상 책을 만들어 서점에 내놓아도 팔리지 않았다. 대형 서점에서는 수십만 종의 책을 수백만 권이나 판매하고 있었다. 내가 만든 책은 그 수백만 권 중에서 다섯 권 정도만 손님들에게 노출될 뿐이었다. 마케팅 능력도 없었고 홍보비도 없으니 그냥 팔리기를 기다리는 방법 밖에 없었다. 결국 초판은 여지없이 실패했고, 책을 팔아서 먹고 살기는 어렵다는 것을 경험으로 터득했다.

변화와 기회는 그때부터 시작되었다. 실패했기에 새로운 돌파구를 찾아야 했고 그 돌파구를 통해 기회의 문이 열렸다. 책을 서점에 내놓고 팔리기를 기다리는 것이 무모한 짓이라는 것을 알게 된 후, 이 업무와 유사하면서 변형 가능한 아이템이 무엇일까 생각해보았다. '맞춤책'이었다. 책을 만드는 기술은 약간 터득했으니 그 기술을 활용해서 손님들의 책을 만들어 주고 돈을 받으면 되겠다는 생각에 이르렀다. 일반인들이 시나 수필을 쓰면 그것을 책으로 만들고 싶어하는 심리가 있다는 것을 잘 알고 있었던 터라 책 제작 대행 서비스를 해야겠다는 생각으로 '맞춤책'이라는 키워드를 우리 회사의 캐치프레이즈로 정했다.

먼저, 회사의 홈페이지가 필요했다. 돈을 들이지 않고 회사를 알릴 방법은 그것밖에 없었으니 당연히 홈페이지를 만들 수밖에 없었다. 홈페이지 제작 프로그램과 책을 구입해서 독학으로 기술을 터득했다. 조잡하지만 그럴듯하게 우리 회사 인터넷 홈페이지를 만들었다. 그리고 보름쯤이나 지났을까 한 통의 전화가 왔다.

"여보세요. 거기 ○○○○○○ 회사인가요?"

"네, 맞습니다."

"회사 홈페이지를 보고 전화드렸는데요, 상담 좀 받을 수 있을까요?"

가슴이 두근거렸다. 정말로 전화가 오다니……. 믿어지지 않았지만 애써 마음을 가다듬고 상담에 임했다. 그 첫 손님은 강릉에 거주하시는 분이었다. 맞춤책 서비스를 시작하고 나서 처음으로 수주한 일이었기에 책 제작 노하우가 많지 않았고 어설펐다. 견적을 내는 일도 쉽지 않았고, 견적을 계산하더라도 실제 제작비가 그보다 많이 들지 적게 들지도 잘 몰랐다. 하지만 내게 찾아온 첫 손님이라니……. 이윤을 따질 때가 아니었다. 어쨌든 성사시켜놓고 보자는 생각뿐이었다.

이 당시에는 출판을 전업으로 하던 때가 아니었고, 학원 강사를 하면서 부업 식으로 투잡을 병행하던 때였던지라 강원도에 출장을 가는 일도 쉬운 일은 아니었다. 그러나 성사를 시켜야겠기에 고객과 만날 일자를 정하고 출장길에 올랐다. 그때의 희열은 말로 다할 수 없었다. 왜냐하면 창업 자체가 불가능에 가까운 상황이었고, 어느 것 하나도 쉽게 풀리는 일이 없었는데도 고객을 유치할 수 있었다는 사실이 나를 무한히 감동시켰다. 창업 이전에는, 만약 내가 내 회사를 가지고 사업을 할 수만 있다면 죽어도 소원이 없겠다는 마음까지 들었다.

그리도 절박하게 내 회사가 필요했던 이유는 분명히 있었다. 학교를 졸업하고 사회생활을 시작한 이래 여러 번 이직했으며, 조직의 부속품처럼 살아가는 내 삶이 내가 보기에도 안쓰러웠기 때문일 것이다. 그 생활에서 벗어나고 싶었는데 그 방법은 오직 창업 밖에 없다고 생각했다. 수많은 우여곡절을 겪었으나 결국 창업했고 그 회사를 현재까지 운영하고 있다는 사실 하나만으로도 내 인생은 성공한 삶이라고 할 수 있다. 남들의 시각에서 보면 내 현재의 삶이 보잘 것 없어 보일 수도 있으나, 창업 당시에 내가 꿈꾸던 삶을 현재 살아가고 있으니 이것이 성공이자 행복이 아니면 무어란 말인가.

청년기를 보내고 있는 젊은이들에게 하고 싶은 이야기가 있다. 열정을 가지고 도전하라는 말이 다소 식상하게 들릴 수도 있겠으나, 그 평범해 보이는 말이 진리라는 사실을 깨닫게 되기를 바란다. 세상은 도전하지 않는 자에게 문을 열어주지 않는다. 상황을 탓하고 여건을 논하는 사람만큼 비겁한 사람은 없다. 또한 '유연한 사고'를 가지라고 말하고 싶다. 내가 처음으로 책을 만들어 서점에 내놓고 판매했을 때는 여지없이 실패했지만, 그 실패 이후에 '유사하면서 변형 가능한 아이템'을 모색했던 것이 성공으로 연결됐다. 이것은 유연한 사고가 있을 때 가능한 일이다. 예를 들어, 의과대를 졸업한 사람은 의사가 되어야만 한다고 생각하는 것이 잘못이라는 것이다. 의과를 전공한 사람이 의학 관련 전문기자를 할 수도 있는 것이고, 의학 관련 단체에서도 일할 수 있는 것 아니겠는가. 정형화된 틀 안에 자신의 사고를 가두어두고 좌우를 살펴보지 않는 사람은 유연한 사고를 가졌다고 할 수 없다.

젊은이들에게 한 마디만 해주고 싶다. "맨 땅에 헤딩해라."

신제품 개발

"원장님 좀 뵐 수 있을까요?"

"무슨 일인데요?"

"네. 이번에 저희가 개발한 상품을 좀 소개해드리러 왔습니다. 유치원생들과 부모님들이 좋아하실 상품입니다."

"지금 원장님이 뭘 하고 계신 중이라서 만나 뵙기가 어려울 것 같은데요."

"오래 기다리지 않아도 되면 좀 기다리겠습니다."

"아, 네. 그러면 제가 원장님께 한 번 말씀드려볼게요."

"네. 감사합니다. 기다리고 있겠습니다."

"못 뵌다고 하실 수도 있어요."

"괜찮습니다. 말씀만 전해주세요."

원장인 듯한 사람이 슬쩍 얼굴을 보이더니 나타나지 않았다. 분위기를 파악해보니 문전박대당할 것이 뻔했다. 기다리면서 생각해보았다. 이대로 돌아갈 것인가 아니면 끝까지 기다렸다가 설명이라도 제대로 하고 갈 것인가를 결정해야 했다. 끝까지 기다리기로 했다. 이대로 물러서면 스스로 부끄러울 것 같았다. 시간이 지나면 지날수록 오기가 발동했다.

'그래, 영업을 성사시키기는 어려울 것 같으니 그냥 설명이라도 하고 가자. 다음 장소에서 성공하기 위해서 설명하는 연습이라도 해야 할 것 아닌가. 여기까지 와서 그냥 돌아간다는 것은 내 자존심이 허락할 수 없는 일이지.'

오랜 시간 기다리게 한 후 원장님이 모습을 나타냈다. 퉁한 얼굴로 나와서는 위아래로 훑어보았다. 왜 잡상인이 찾아와서 귀찮게 하냐는 듯한 표정을 짓고 있었다. 원장님의 마음을 읽지 못한 것이 아니라, 포기하고 돌아가는 것을 내 자존심이 허락하지 않았다. 원장님과 나는 서로의 마음을 읽고 있었다. 그러나 겉으로 내색하지는 않았다. 기 싸움에서 밀리지 않으려 했다는 것이 더 정확한 표현일 것이다. 난 아무렇지도 않다는 듯이 밝은 표정을 하고 또박또박 설명했다.

"이것은 저희가 이번에 새로 개발한 상품입니다. 일명 '가족 화보집'이라고 하는데요, 기성품이 아니구요, 맞춤책 형태로 제작하는 책입니다. 아이가 주인공이 되는 화보집입니다. 평소에 찍어놓은 사진을 모아서 저희에게 보내주시면 그것을 책으로 편집해서 화보집으로 제작해주는 서비스입니다……."

원장님은 내키지 않는 얼굴로 억지로 들어주고 있었다. 설명하는 나 역시 이 영업이 성공할 것이라는 생각은 하지 않았다. 아니나 다를까 설명이 끝나자 원장님은 그냥 건성으로 알았다고 하면서 자리를 떠났다.

그 유치원에서 나오면서 몇 가지를 생각하게 되었다. 첫째, 이 영업은 크게 성공할 것 같지 않으며 상품 개발을 전면적으로 재검토해봐야 할 것 같다는 것, 그리고 둘째로 앞으로도 문전박대를 수없이 당할텐데 그 수모를 견디면서 끝까지 영업활동을 할 수 있겠냐는 것이었다. 모든 영업사원들이 수많은 거절을 당하면서도 꿋꿋이 일을 추진해나간다는 것은 알고 있었지만 내가 그 일을 지속적으로 할 수 있을지 의구심이 생겼다. 한계를 많이 느꼈기 때문에 그 이후엔 영업을 지속하지 못했다.

그렇다고 해서 개발을 멈춘 것은 아니었다. 신랑신부를 위해 만들어주는 화보집도 시제품을 만들었다. 일명 '신랑신부가족화보집'인데 결혼식장에 오신 하객들을 위해 선물로 나누어드리는 제품이었다. 예비신랑과 예비신부가 자라오면서 찍었던 사진과 더불어 연애하면서 찍었던 사진을 모아 책으로 만들고 그것을 하객들에게 나누어드리게 하는 상품이었다. 이것은 웨딩 전문 사진관을 중심으로 영업을 펼쳤지만 실패로 끝났다. 이 상품을 개발할 때는 내가 전에 실제로 구현했던 아이디어를 적용시켰다. 내 결혼식에 오신 하객들을 위해 준비한 것이 있었는데 그것은 바로 내가 쓴 책을 나누어주는 것이었다. 대학원 시절에 썼던 소책자 둘을 책자 한 권으로 묶어 새로 제작했으며 이것을 하객들에게 선물로 나누어드렸던 전력이 있었다. 결국, 하객들에게 선물로 나누어드린다는 개념을 이 상품에 접목시켰던 것이다.

그 이후에도 개발을 멈추지 않았다. 마치 병풍처럼 펼쳐놓고 볼 수 있는 화보 병풍을 상품으로 개발했으나 이 역시 시제품으로만 그쳤다. 최근에는 '사진 자서전'이라는 컨셉으로 시제품을 완성했는데 영업은 성공하지 못했다. 제품의 완성도뿐 아니라 영업력이 뒷받침해줘야 한다는 것을 절감하면서 영업의 달인들을 존경하게 되었다.

오래 전에 우리 회사에서도 텔레마케팅 직원을 단기간 고용한 적이 있었다. 그 당시에는 회사 제품을 널리 홍보할 필요가 있었는데, 그 직원이 전화로 영업하는 것을 지켜보면서 나 또한 많은 것을 배우고 느꼈다. 전화 영업이라는 것이 얼마나 어려운 감정노동인지 절감하게 되었다. 오래 전에 다녔던 직장도 텔레마케팅 직원이 다수로 구성된 회사였는데 내 업무는 텔레마케팅이 아니었기 때문에 감정노동의 애로사항을 잘 알지 못했다. 그러나 수년이 지난 후, 텔레마케팅 직원들이 겪었던 애로사항을 에피소드로 엮어 책을 만드는 일을 맡아 맞춤책으로 제작해준 적이 있다.

그 책에 소개되는 내용을 보니 정말 마음 고생을 많이 하는 직업이라는 생각이 들었다. 그 이후로는 영업을 위해 내게 걸려오는 전화를 받을 경우에도 정중히 거절하며 끊는 습관이 생겼다. 고객들이 영업사원을 대하는 태도가 무례하면 그것이 영업사원에게 마음의 상처로 남을 수 있다는 것을 알기 때문이다. '역지사지'(易地思之)라는 말로 굳이 표현하지 않더라도, 상대방의 마음을 읽고 서로의 마음을 배려해주는 사람이 많아질 때 우리나라가 비로소 문화선진국으로 가게 되지 않을까 생각한다. 배려하는 마음을 우리 주변에서 많이 발견하게 되길 소망한다.

돈 안 되는 일

"강사님이시죠? 저를 기억하시려나 모르겠습니다. 5년 전에 ○○도서관에서 강사님의 강의를 들었던 ○○○입니다."

"아, 네. 기억하다마다요. 잘 지내셨지요?"

"네. 잘 지냈습니다. 한 가지 여쭤볼 것이 있어서 전화드렸습니다."

"네. 말씀하세요."

"자서전 쓰기 강좌가 다 마치고 난 후에도 계속 글을 썼습니다. 이제야 완성된 원고를 손에 쥐게 되었습니다. 그래서 강사님께 원고를 보여드리고 책을 한 번 내볼까 하는데 시간 좀 내 주실 수 있을까요?"

"물론이죠. 저와 시간만 약속하시고 저희 사무실에서 뵙는 걸로 하면 좋겠습니다."

"네. 감사합니다."

강의를 들으셨던 분들이 종종 찾아오곤 했다. 오랜만에 뵙는 것이 반갑기도 하지만 더 고마운 것은 그분들이 나를 오래도록 기억하고 있었다는 사실이다. 다른 사람에게 기억된다는 것이 얼마나 기분 좋은 일인가.

또, 대단히 인상적인 에피소드를 전하는 분도 있었다. 8년 전에 강의를 수강하셨던 분으로부터 들었던 이야기다. 강좌가 마친 후 1년에 걸쳐 본인의 자서전 원고를 열심히 쓰셨단다. 그 원고는 종이에 펜으로 쓴 육필 원고였다. 하루는 지하철을 타고 어디론가 향하고 있었는데 그 원고를 지하철 선반 위에 놓고 내리셨단다. 원고를 컴퓨터로 타이핑해두었더라면 종이 원고를 분실해도 아무 문제가 없었을텐데, 그 원고가 유일한 육필 원고였단다. 아뿔싸. 분실한 원고를 찾기 위해 지하철 분실센터에서 백방으로 알아보았으나 결국 일주일 만에 포기하셨단다. 이렇게 애석한 일이 있을 수 있을까. 1년간 쓴 원고를 분실하다니. 마음에 깊은 상처로 남았지만 포기할 수 없었기에 다시 1년간 글을 쓰셨단다. 나중에 그 두 번째 원고가 책으로 만들어졌는데, 그 분은 책을 쓰기 위해 2년간 글을 쓴 셈이 되었다. 그래서 두 번째 글을 쓸 때는 어떠셨냐고 여쭤봤다. 첫 번째보다 훨씬 내용도 좋아지고 만족스러우셨단다. 1년간 글 쓰는 연습을 충분히 해서 다음 1년은 더 수월했다는 것이다.

지금이야 1년 내내 전국에서 강좌가 개설되지만 처음부터 자서전 쓰기 강좌가 인기 있었던 것은 아니다. 아니, 인기가 있었다기보다 아예 아무도 관심을 가지는 사람이 없었다. '자서전'이라는 것을 위인들이나 쓰는 위인전쯤으로 생각했으니까. 하지만 그 인식은 시간이 지날수록 바뀌었다.

내가 2000년도에 수원에 있는 유당마을에서 '자서전 쓰기' 강의를 했던 것이 내가 한 것으로는 처음이었다. 그때는 글쓰는 강좌를 통해서 수강생들의 글이 모이면 그것으로 책을 만들어 주는 서비스를 우리 회사의 주력상품으로 삼고자 했다. 지금이야 강사료를 받지만 그 당시엔 받지 않았다. 그와 유사한 무료 강좌를 시니어스타워와 노블카운티 등에서 실시했다. 처음엔 수강생들을 잠재고객으로 생각하고 강의에 임했지만 횟수가 더해질수록 나에게 변화가 다가왔다. 강의를 하는 나 자신이 '자서전 쓰기'에 깊이 매료되면서, 사명감 같은 것이 자라났다. 이 일은 누군가는 꼭 해야 할 일이라는 확신이 생기면서 내가 그 일에 앞장서야겠다는 생각이 들었다. 그 이후로 난 지금까지 이 일을 18년째 하고 있는 중이다.

무엇이 나를 매료시켰을까? 지금 내가 이 글을 쓰면서 느끼고 있는 희열을 그때도 느꼈었나보다. 어쨌든 이제 '자서전 쓰기 강사'라는 것이 내 천직처럼 되어버렸다. 사명감이 없었다면 중도에 포기해버렸을 것이다. 주말이면 도서관에 가서 유명인들의 자서전을 찾아 읽고 분석하고 강의 교안에 적용시켰다. 누구 하나 알아주지도 않고 제대로 된 강사료도 받는 것이 없었지만 이 일이 가치 있는 일이라고 생각했다. 아무도 하지 않지만 누군가는 해야 할 일이었다. 그래서 가치에 투자했다. 하지만 시간과 열정을 투자하면 투자할수록 불안감은 더욱 커졌다.

'돈도 안 되는 일을 내가 왜 하고 있을까? 이 일의 끝에는 뭐가 있을까? 사람들이 알아주는 날이 올까? 아니, 관심이라도 가져줄까? 아무도 관심 가지지 않는 일에 왜 난 이리도 집착하는 걸까? 그만둘까?'

그랬다. 경제적으로 전혀 도움이 되지 않는 일을 하면서 끌어안게 되는 자괴감은 분명히 극복해야 할 대상이었다. 이것은 나 자신과의 싸움이었다. 너무 먼 길을 걸어와 돌아갈 수도 없는 지경이었다. 이미 많은 시간과 열정을 쏟았기에 본전 생각이 간절했다. 포기하면 내 노력에 대한 보상을 누구로부터도 받을 길이 없었다. 본전이라도 찾으려면 그냥 그대로 직진하는 수밖에 없었다. 지금 생각해보니 그 직진이 옳은 결정이었다.

뜻을 같이 했던 사람들이 모여 강좌를 제대로 운영해보고자 시도했던 것은 2010년이었다. 양평에 있는 도서관에서 이른바 '자서전학교'라는 명칭으로 나를 포함한 세 명의 강사가 의기투합했다. 12회기로 강좌를 끝내고 그 이후에 더 지속되지는 못했으나 상당히 의미 있는 진전을 이루어냈다. 이후에 다시 새로운 멤버가 결성되었다. 이른바 '자서전 쓰기 운동본부'를 만들어보자는 취지로 기관을 결성하려고 시도 중인데 이것은 아직도 현재진행 중이다.

수년 전부터 '자서전 쓰기 열풍'이라는 말들이 매스컴을 통해 오르내리더니 이제는 전국 지자체나 도서관, 문화센터와 같은 기관에서 앞다투어 가며 강좌를 개설하고 있다. 기관에서 신규 강좌로 개설하겠다며 문의하는 전화를 받을 때마다 보람을 느낀다. 눈물을 흘리며 뿌렸던 씨앗이 싹트는 것을 보는 기쁨이란 말로 표현하기 어렵다. 18년 전에 돈 안 되는 일이라 관심 받지 못했던 일이 이제는 선망의 대상이 되어버렸다.

돈 안 되는 일도 가치 있는 일이라면 우리가 그 일을 대하는 태도를 바꿀 필요가 있지 않을까? 더욱이 그 일이 공동선(共同善)을 위한 것이라면 더 말할 필요도 없으리라. '가치'를 추구하는 사람들이 더 많아지는 사회를 꿈꿔본다.

첫 해외여행

"내 손 꼭 잡고 따라와."

"소매치기도 많다는데 놓치면 어떡하지?"

"내가 잡고 있으니까 괜찮아."

"가이드도 없는데 우리끼리 이렇게 다녀도 될까?"

"이 끝에서 저 끝까지만 갔다 오라고 했으니까 길을 벗어나지만 않으면 괜찮을 거야."

"그래도 좀 불안하다. 후딱 갔다 와야겠네."

"구경하러 온 거니까 그럴 필요는 없고 천천히 걸어가자구. 이렇게 시끌벅적한 길을 가니까 젊었을 때 생각나네. 마치 클럽 분위기 같아."

"술집이 양 옆에 늘어서 있고 음악도 흘러나오고, 분위기는 괜찮네."

"왜 그동안 이런 분위기를 잊고 살았나 몰라."

"돈 버느라 정신없어서 그랬지, 뭐."

"그 말이 맞네."

후텁지근한 날씨에 시끌벅적한 분위기로 가득 찬 워킹 스트리트를 걸어가며 아내와 이야기를 나누고 있었다. 약간 간격을 두고 천천히 따라오고 있는 딸에게서는 어색하거나 불안한 모습을 찾아볼 수 없었다. 이곳엔 소매치기가 많아서 가방을 몸에 밀착시켜 보호해야 하며 특히 여권을 분실하면 일이 아주 복잡해진다는 말을 가이드로부터 전해 들었다. 그렇게 태국 파타야의 밤거리는 우리에게 걱정과 낭만을 동시에 안겨주었다. 워킹 스트리트 입구에서 얼마 떨어져 있지 않은 술집에서는 무에타이 선수들이 경기를 하고 있었다. 무술 수련 경력이 있는 나로서는 흥미 있는 구경거리가 아닐 수 있었다. 태국 현지에서 보는 무에타이라니……. 3분쯤 구경해보니 이것은 경기라기보다 손님 끌기용 이벤트라는 것을 쉽게 알아차릴 수 있었다. 이윽고, 가이드는 우리더러 자유롭게 구경하고 나서 지정한 장소로 모이라고 했다. 낯빛이 다른 외국인들을 구경하는 재미도 쏠쏠했거니와 오랜만에 클럽풍의 분위기를 즐기는 것도 나쁘지 않았다.

방콕의 스완나폼 공항에 도착해서 비행기를 빠져나오는 순간 더위와 습기가 온 몸을 감쌌다. '아, 드디어 남의 나라에 왔구나.' 생각하면서 출국 수속을 밟았다. 이윽고 가이드와 함께 승합차를 타고서 어두운 밤거리를 빠져나갈 때부터 우리 일행은 온전히 이방인이 되어있었다.

남의 나라 땅에 도착했을 때 먼저 와 닿은 것은 언어장벽이었다. 언어가 통하지 않는다는 것은 예상을 했지만, 막상 뭔가 의사 표시를 하자면 한국말부터 튀어나오는 것을 보면서 언어 장벽을 체감했다. 가게에서 물건을 사려고 시도하다가 실패하고는 돌아서서 아내에게 한 마디 했다. "흐흐, 정말 말이 하나도 안 통해." 이 말을 하고 있는 나 역시 어이없었다.

기후, 언어, 풍경, 생각, 느낌, 에티켓, 국민성, 음식이 모두 달랐지만 다름을 온전히 즐기자는 생각이었다. 나이 마흔 일곱에 첫 해외여행을 했으니 뒤늦은 감이 있었다. 이틀 전 스완나폼 공항에 도착했을 때는 앞으로 어떤 일들이 펼쳐질지 상상하기 어려웠다. 태국에 오기 두 달 전까지만 하더라도 우울하고 걱정스러운 일이 있어서 즐겁지 않았다. 수능을 치른 딸이 합격 발표를 기다리고 있었는데, 수시에 지원한 대학 중 합격한 곳은 없었다. 그 울적함을 달래기 위해 강릉에 당일로 가족 여행을 다녀오기도 했다. 강릉에서 마음껏 스트레스를 풀고 싶었지만 딸의 마음을 위로해주기에는 턱없이 모자랐다. 나중에 합격 소식을 듣고 기뻐했지만, 강릉 가족 여행은 우울함이 공존했던 반쪽짜리 여행이었다. 그때의 애달픔을 떨쳐버리고 승리의 환희를 만끽하기 위해서라도 더 큰 이벤트가 필요했다. 게다가 결혼 20주년이 되는 해였으니 뭐라도 하지 않으면 안될 상황이었다. 그래서 해외여행을 선택했다. 우선 딸의 노고를 인정해주고 싶고, 아내와도 즐거운 시간을 보내고 싶고, 나역시 해외여행을 통해 얻을 수 있는 것이 많을 것이라는 기대에 부풀어 있었다.

　공항에 도착한 다음날부터는 꽉 짜인 스케줄에 맞춰 관광지
를 돌아다녔다. 비만맥 궁전, 아난다 사마콤 궁전을 관람하고
파타야로 이동해서 콜로세움쇼를 관람했다. 요트 크루즈를 타
고 선상에서 줄낚시도 하고 호핑투어와 스노클링을 했다. 파타

야 수상시장에선 배를 탄 채 구경하고 황금절벽사원, 실버레이크 포도 농장도 방문했다. 양 농장에 가서 아기자기한 조형물들 앞에서 사진도 찍고 파인애플 농장에서 신선한 파인애플도 맘껏 먹었다. 그리고 베이욕 뷔페에서 럭셔리한 저녁 식사도 즐겼다.

태국 여행을 시작으로, 매년 새로운 나라에 가서 새로운 문화를 접하면서 여행했지만 역시 첫 여행에서만큼 강렬한 인상을 받은 적은 없었다. 여행을 할 때는 여행지도 물론 중요하지만 그보다도 동행한 사람이 누구인지가 더 중요하다는 것을 새삼 깨닫게 되었다. 사랑하는 가족과 함께 하는 시간들, 그리고 그것을 통해 가족임을 재확인하는 일이야말로 가장 큰 깨달음이 아닐까. '수신제가치국평천하'(修身齊家治國平天下)라 했으며 가화만사성(家和萬事成)이라 했으니, 나와 가족을 돌보는 일이야말로 '치국평천하'의 근본이라는 생각이 든다. 가족에게 더 잘해야겠다는 다짐을 하게 된다.

조용한 묵상

만군의 주 여호와 하나님, 주님 앞에 무릎을 꿇었습니다. 주께서 지으신 이 피조물이 주님 앞에 나왔습니다. 이제 기도합니다. 들어주소서.

하나님께서 저를 창조하셨을 때는 거룩하신 계획을 가지고 계셨을텐데, 주님께서 저에게 요구하시는 사명과 거룩한 목적을 깨달아 알지도 못하고 여쭤보지 않을 때도 많았습니다. 주님께 여쭤보고 제 사명을 깨닫게 해주시옵소서.

예쁜 새들이 노래하고, 맑은 시냇물이 흐르는 소리를 들을 때, 아침 해와 저녁놀과 밤하늘의 빛난 별과 끝없이 넓은 우주를 바라보면서 하나님의 영광을 찬양합니다. 이 모든 것을 창조하신 분이 하나님이십니다.

만군의 주 여호와께서 저를 창조하셨고, 피조물인 제가 하나님을 '아버지'라고 부를 수 있게 해 주셨는데 이 은혜를 어찌 다 갚을 수 있겠습니까? 아버지께서는 예수님을 이 땅에 보내주셔서 인간들의 죄를 다 용서해주셨습니다. 예수님께서는 채찍에 맞고 살이 찢어지는 아픔을 참으면서까지 인간들을 죄로부터 해방시켜 주셨습니다. 아담의 범죄로 인해 이 땅에 죄가 들어왔지만, 예수님을 보내주셔서 인류의 모든 죄를 용서해 주셨습니다. 죄 가운데 놓아두면 영원한 형벌을 받을 수밖에 없기에, 저를 지극히 사랑하시는 하나님께서는 그 아들 예수님을 보내주셨습니다.

"너희 중에 누가 염려함으로 그 키를 한 자라도 더할 수 있겠느냐"고 예수님께서 말씀하십니다. 제가 염려한다고 문제가 해결된 적이 있었습니까? 제가 제 능력으로 오늘까지 살아왔습니까? 하나님께서 능력의 손으로 보살펴주시지 않았다면 이미 오래 전에 실족하고 말았을 것입니다. 이제까지 강하신 하나님의 팔을 의지해 살아왔던 것처럼, 앞으로도 주님께서 인도해주실 줄 믿습니다.

"아무 것도 염려하지 말고 다만 모든 일에 기도와 간구로 너희 구할 것을 감사함으로 하나님께 아뢰라"고 하셨습니다. "그리하면 모든 지각에 뛰어난 하나님의 평강이 그리스도 예수 안에서 너희 마음과 생각을 지키시리라"고 하셨습니다. 세상이 아니라 하나님께서 주시는 평강을 누리게 해 주시옵소서.

모세와 같은, 우리 믿음의 조상들 역시 저와 다를 바 없는 인간이었지만 믿음을 가지고 기적을 만들어냈습니다. 다윗은 하나님의 마음에 합한 자라고 칭찬받았고, 욥은 재앙을 받아도 하나님을 끝까지 의지하고, 믿음으로 승리할 수 있었습니다. 아브라함과 이삭과 야곱의 하나님께서 이제 저에게도 찾아와 주시옵소서.

천만인이 나를 에워싸도 두려워하지 않겠다고 고백했던 다윗과 같이, 저도 하나님의 말씀을 가지고 담대하게 세상에서 살아가게 해주시옵소서. 만군의 주 여호와께서 제 아버지이신데 무엇이 두렵겠습니까?

'나와 함께 아니하는 자는 나를 반대하는 자요 나와 함께 모으지 아니하는 자는 헤치는 자'라고 예수님께서 말씀하셨습니다. 예수님 편에 서서, 예수님처럼 생각하고, 예수님처럼 기도하고, 예수님처럼 말씀을 전파하는 자가 되게 하여 주시옵소서.

예수님께서 죽은 나사로를 살리시기 전에 둘러선 무리들에게, "네가 믿으면 하나님의 영광을 보리라 하지 아니하였느냐"라고 하셨습니다. 하나님의 영광을 보지 못하는 것은 믿음이 적기 때문이라고 말씀하셨습니다. 베드로가 물 위를 걸을 때도, 의심하는 순간, 바다에 빠지고 말았습니다. 주여, 믿음이 적음을 용서해 주시옵소서.

예수님께서 이 땅에서 사역하실 때 하나님 나라의 진리를 선포하셨고 수많은 기적을 베푸셨습니다. 고통에 신음하는 인간들을 불쌍히 여기셨고 함께 울어주셨습니다. 능력 없는 자와 헐벗고 굶주린 자, 귀신 들린 자와 병에 걸린 자들을 치료하시고 위로해 주셨습니다. "할 수 있거든이 무슨 말이냐, 믿는 자에게 능치 못할 일이 없느니라."고 하셨습니다. 저는 제 능력의 한계를 정해놓고 그 이상은 할 수 없다고 말합니다. 하지만 하나님께서는 저에게 무한한 능력을 주셨기에 믿기만 하면 할 수 있다고 말씀해주셨습니다.

믿음이 없이는 하나님을 기쁘시게 할 수 없다고 하셨습니다. 제가 애타게 하나님을 찾지 않는다면 하나님을 만나지도 못하고 하나님의 영광도 보지 못할 것입니다. 구하고 찾고 두드리는 자를 만나주겠다고 하셨습니다. 더 열심히 기도하고 더 열심히 하나님의 음성을 듣기 위해 노력하게 해 주시옵소서. 제 소원만을 아뢰는 것이 아니라 하나님께서 말씀하시는 음성에 귀를 기울여 듣게 해 주시옵소서.

저는 아브라함과 이삭과 야곱의 하나님을 믿습니다. 하나님께서는, 다윗이 여호와의 이름으로 물맷돌을 던질 때 골리앗의 이마에 꽂히게 하셨습니다. 또, 사드락과 메삭과 아벳느고를 맹렬히 타는 풀무불에서 건져주셨습니다. 모세가 기도할 때 홍해를 갈라주셨습니다. 예수님께서 기도하시고 나사로를 향해 말씀하실 때 죽은 나사로가 살아났습니다. 이 모든 일을 하신 분이 바로 제가 믿는 하나님입니다.

인간은 자신이 지은 죄로 인해 고통 속에 살아갑니다. 죄에 대한 대가인데도 불구하고 회개하지 못하고, 오히려 하나님께서 저를 시험에 들게 하셨다고 말합니다. 어리석음을 깨닫게 해주시고 거룩하신 하나님의 말씀 앞에 무릎을 꿇게 해주시옵소서.

전능하신 만군의 주 여호와 하나님께 영광을 돌립니다. 주 홀로 영광 받으시옵소서. 주 예수 그리스도의 이름으로 기도드렸사옵나이다. 아멘.

Chapter 2

글쓰기, 이렇게 하자

제1장 글쓰기,
어떻게 접근할 것인가

01_ 글쓰기는 생각과 논리의 흐름

　여러분은 글쓰기를 무엇이라고 정의하시나요? 저는 이렇게 정의합니다. '현상이나 상황을 설명하거나 생각, 느낌, 감정, 견해 등을 글이라는 매체로 논리적으로 전달하는 변환작업'이라고 할 수 있습니다.

　자, 이쯤이면 설명이 됐나요? 특히 '변환작업'이라고 표현한 것이 이색적이지 않나요? 그렇습니다. 글쓰기는 변환작업입니다. 마치 교류 전기를 변환기에 꽂으면 직류 전기로 바뀌듯이 바꿔주는 것을 말합니다.

　여러분이 가지고 있는 생각이나 느낌, 감정, 견해 등등 구체적이거나 추상적인 것 모두를 포함하는 모든 상황과 현상을 글이라는 매체를 활용하여 옮길 수 있습니다. 글을 잘 쓰고 빠르게 쓰는 사람이 있다면, 그는 글 쓰는 훈련이 잘 되어있다는 것을 뜻합니다. 어떤 생각이나 느낌도 활자화시킬 수 있다는 것입니다.

　지금 제가 이렇게 정의내린 것 역시 추상적인 개념이라고 말할 수 있습니다. 눈에 보이지도 않는 개념을 '문자'라는 도구를 사용하여 전달할 수 있다는 것이 신기하지 않나요?

　일상생활에서 접할 수 있는 모든 일들, 그리고 우리의 두뇌로 닿을 수 있는 상상력의 끝까지도 글로 표현할 수 있습니다. 그 방법을 지금부터 함께 공부합시다.

02_ 편견부터 없애자

    수많은 사람들이 글쓰기를 어려워합니다. 그러기에 이런 책이 필요한지도 모릅니다. 그런데 진지하게 생각해 볼 것이 있습니다. 우리는 말을 유창하게 하는데 글쓰기를 왜 어려워할까요? 말과 글은 그다지 다른 것도 아닌데 말입니다. 말을 구어체라고 한다면 글을 문어체라고 해도 되지 않을까요? 물론 반드시 그런 것은 아닙니다만 굳이 비유를 하자면 그렇게 말할 수 있겠지요. 글쓰기가 어렵다는 편견부터 걷어내십시오. 어려운 일이 아닙니다. 단지 어렵게 느껴질 뿐입니다.

    모국어로 한국말을 사용하는 사람들은 태어나서부터 배우고 써 왔기 때문에 말을 유창하게 합니다. 언어를 습득하는 과정을 자세히 생각해보십시오. 우선, 우리가 태어났을 때 우리를 돌보아준 부모나 형제 또는 친척들은 우리가 젖먹이 아기였을 때부터 끊임없이 우리에게 말을 해왔고 우리는 그것을 귀가 닳도록 들었습니다. 듣기만 했습니까? 우리는 말을 흉내내보고 실제로 소리내어 말하는 연습을 했습니다. 수없이 많은 연습과 시행착오를 통해서 우리는 모국어를 유창하게 구사하는 경지(?)에까지 올랐습니다.

그러면, 글의 경우는 어떨까요? 우리는 어려서부터 남이 쓴 글을 읽는 데만 익숙해왔지 실제로 자신이 시간과 공을 들여 글을 써 본 일은 많지 않을 것입니다. 여러분이 한국말을 하기 위해 들였던 시간을 생각해보십시오. 그 시간과 비교해본다면 글을 쓰는 데 사용한 시간은 정말 보잘 것 없이 적지 않나요? 여러분이 만일 글쓰기를 어려워하신다면 그 이유는 바로 여기에 있는 것입니다. 글을 쓰는 것이 어렵다는 것은 다시 말해서 글을 써 본 시간이 지극히 적다는 것을 의미합니다. 글을 잘 쓰느냐 못 쓰느냐를 나누는 기준은, 글 쓰는 시간이 얼마나 많았느냐 라는 것을 명심하십시오.

여러분이 글을 쓰는데 시간을 투자하고 글을 쓰고자 하는 열정만 가질 수 있다면 글 때문에 받는 스트레스나 고통을 물리칠 수 있습니다.

이 책에서 소개하는 이론적인 지식이나 노하우가 여러분이 글을 쓰실 때 크게 도움을 줄 수 있다고 확신합니다만, 그것을 배웠다고 해서 글을 잘 쓸 수 있는 것은 아닙니다. 단언컨대, 실제로 여러분 자신이 펜을 들고 써보지 않는다면 결코 글쓰기 실력을 향상시킬 수 없습니다.

03_ 글을 잘 쓰려면

글을 잘 쓰고 싶으신가요? 잘 쓴다는 것이 어떤 의미인가요? 본인이 말하고 싶은 것을 막힘 없이 줄줄 써나갈 수 있는 능력을 의미할까요? 아니면 미사여구를 총동원하여 아름답고 조화로운 문장을 쓰는 것을 의미할까요? 어떤 것이든 좋습니다. 우선 글쓰기 초보자들이 원하는 것은 後者보다도 前者에 해당할 것이라고 봅니다.

자, 그렇다면 이제 본격적으로 글을 잘 쓸 수 있는 방법을 찾아보도록 하겠습니다. 이 책 전체에서 추구하고자 하는 주제가 바로 글을 잘 쓸 수 있는 방법이 무엇이냐고 하는 것인데요, 구체적인 설명과 사례는 이 책 전체에 열거된 내용이라고 보시면 됩니다. 이것을 우선 요약해서 개념적 차원에서 간단히 정리해보면 다음과 같습니다. 실습과 관련된 구체적인 방법에 대해서는 이후에 차근차근 설명하겠습니다.

첫째로, 생각의 흐름을 잡아야 합니다.

글이라는 것은 '사고'의 결과물입니다. 결국 생각을 잘 통제해서 그 생각에 일정한 규칙을 가하여 논리적으로 배열하는 것을 글쓰기라고 생각하시면 됩니다. 앞에서 잠깐 언급했듯이 언어와 글(문자)는 같은 선상에 있는 것입니다. 이 둘을 따로 분리해서 생각할 수는 없겠지요. 말을 할 때도 순서를 생각합니다. 그러니 글을 쓸 때도 순서를 생각하십시오. 어떤 내용이 앞에 나와야 하며, 어떤 내용이 그 뒤로 이어져야 하는지를 생각하며 생각의 흐름을 제어하십시오.

둘째로, 개연성을 놓치지 마십시오.

개연성은 논리적인 글쓰기와도 밀접한 관계가 있습니다. '어떤 일이 일어날 수 있는 가능성'을 개연성이라고 합니다. 글쓰기는 논리의 흐름이라고 했으므로 저자가 서술하는 글의 논리에 모순이 있다면 곤란하겠지요. 그러니 글이 흘러가는 흐름 가운데에

생뚱맞은 이야기가 끼어들어서는 안 된다는 것입니다. 개연성 있는 글을 쓴다는 것은 다시 말해서, 충분히 일어날 수 있는 가능성 있는 이야기들을 열거해야 한다는 것입니다. 흐름을 거스르는 내용이 나온다면 독자들은 의아하게 생각할 뿐 아니라 거부감마저 들 수 있습니다. 그러니 글을 쓸 때는 글쓴이가 그 글 전체의 맥락을 고려해서 이야기를 끌고 나가야 한다는 것입니다.

셋째로, 말하고자 하는 요지를 반드시 넣으십시오.

글쓰기를 어려워하는 사람들이 쓴 글을 읽어보면 그 안에 공통점이 보입니다. 그 글을 통해서 글쓴이가 전달하고자 하는 내용이 무엇인지를 파악하기 어렵다는 것이지요. 한 마디로 주제 파악하기가 어려운 글들이 많습니다. 짧은 글이든 긴 글이든 그 글의 핵심이 무엇인지를 독자가 알아볼 수 있게 하십시오. 만일 그것이 어렵다면 이제부터는 '두괄식' 글을 쓰도록 권장합니다. 글을 쓰는 방식에는 두괄식, 미괄식, 양괄식이 있습니다. 주제에 해당하는 내용을 글의 첫머리 부분에 먼저 서술하고 나서 그 이후에 계속 이어가는 방식을 '두괄식'이라고 합니다. 그러니 두괄식으로 글 쓰는 습관을 들여놓으면 주제가 모호한 글을 쓸 염려는 사라질 것입니다. 주제부터 말하고 나서 그 다음을 계속 이어가는 글이니까요.

넷째로, 일기를 쓰십시오.

글쓰기는 '사고'의 결과물이라고도 했습니다. 그렇다면 눈에도 보이지 않는 '사고'를 어떻게 문자화해서 글로 옮겨놓을까요? 그렇게 생각하면 글쓰기라는 것이 매우 어려운 일이 되겠지요. 여기에서 '일기'가 가지고 있는 속성을 생각해보십시오. 일기는 우리가 평소에 생활하면서 보고 듣고 느낀 점에 대해 쓰는 글입니다. 일기 쓰는 것을 우습게 생각하실 지도 모르겠습니다만 이것만큼 글쓰기 실력을 향상시켜주는 도구도 없습니다. 실제로 저는 대학에 입학하면서부터 꾸준히 일기를 썼고 일기를 통해서 글쓰기의 개념을 이해하게 되고, 쓰는 것을 습관화할 수 있었습니다.

글쓰기 초보자가 처음부터 길고 멋진 글을 쓰겠다고 한다면 이제는 생각을 달리 할 필요가 있습니다. 짧은 글을 쓰는 것도 어려워하는 사람이 긴 글을 쓸 수 있을까요? 또, 일상생활 중에서 겪었던 에피소드를 글감으로 해서 쓰는 일기조차 쓰지 못하는 사람이 수필, 소설, 평론, 사설, 칼럼과 같은 글을 쓸 수 있을까요? 그것은 어려운 일입니다. 글쓰기의 단계를 밟아나간다고 하면 일기부터 시작하는 것이 좋습니다. 앞에서도 얘기했듯이 '글'이란 추상적이고 눈에 보이지 않는 개념을 눈에 보이는 문자로 변환하는 작업입니다. 생각이나 느낌, 감정과 같은 것을 빠른 속도로 문자화시키는 훈련을 해야 합니다. 머릿속에 맴도는 생각을 단어화해서 나열하는 작업이 글쓰기입니다. 아주 사소한 사건이라도 이것을 글감으로 활용하여 글을 쓸 수 있어야 합니다. 어떤 사물을 보든, 어떤 생각을 하든 그것을 글로 문자화하는 연습을 하십시오. 이것은 마치 영어회화를 공부하는 사람이 수시로 한국말을 영어로 바꿔보는 연습을 하는 것과 같은 이치입니다. 한국말을 영어로 바꾸는 것이 영어회화 공부 방법이라면, 생각을 문자화 시키는 것이 바로 글쓰기 공부 방법입니다.

일기에서 다루는 내용은 뻔하지 않습니까? 매일 반복적인 일상이고 생활은 딱히 달라질 것도 없는데 무엇을 쓰라는 말입니까? 바로 여기에 글쓰기의 해답이 있습니다. 글감이 없을 것 같은 상황에서 글감을 찾아내는 것이 글쓰기의 시작입니다. 글쓰기 초보자들에게 주제를 주지 않고 글을 써보라고 하면 쓸 것이 없다는 말만 되풀이합니다. 주제를 주고 글을 써보라고 해도 마찬가지입니다. 무엇을 써야 할지 모르겠다는 것이지요. 하지만 일기를 꾸준히 쓰는 사람들은 매우 사소한 일상에서도 글감을 찾아내는 능력이 있습니다. 여러분은 바로 그 능력을 키워야 합니다. 여기에 쓰고자 하는 열정만 더해진다면 더 바랄 것이 없겠지요. 일기만큼 쉬운 글쓰기도 없습니다. 오늘 당장 일기쓰기를 시작하십시오. 만일 여러분이 이것을 실천에 옮긴다면 머지않아 여러분도 작가의 반열에 들게 될 것입니다.

다섯째로, 글을 써 내려가는 메커니즘을 이해하십시오.

　몇 가지 원칙이 있는데요, 여기에서는 간단하게 설명하고 자세한 설명은 이후에 예문을 가지고 구체적으로 하겠습니다. 우선, 호응관계를 제대로 맞춰서 문장을 써야 합니다. 그리고 글의 흐름을 원활하게 하기 위해 접속사를 활용해서 연결해 나가십시오. 말하고자 하는 요지가 전달되게 하십시오. 주어나 목적어를 가급적 생략하지 마십시오. 각 단어가 가지고 있는 뉘앙스를 충분히 활용하십시오. 인용을 효과적으로 활용하십시오. 스토리텔링 기법을 활용하십시오. 글을 다 쓴 후에는 틀린 문맥을 바로 잡으면서 고쳐 쓰기를 하십시오. 이상은 많은 설명이 필요한 내용이므로 뒤에서 다시 다루겠습니다.

　여섯째로, 의도하는 목표대로 이야기를 끌고 가십시오.

　사냥꾼이 짐승을 잡을 때 미리 설치해놓은 덫으로 사냥감을 몰고 갑니다. 여러분이 하는 글쓰기도 이와 같아야 합니다. 글을 읽는 독자는 능동적인가요? 아니면 수동적인가요? 수동적입니다. 독자는 저자가 쓴 글을 따라 읽어가며 이해하는 일밖에 할 수 없습니다. 이미 씌어진 글에 개입할 수 없다는 뜻이지요. 글에 대한 주도권은 글쓴이가 가지고 있는 것입니다. 글쓴이는 본인이 처음에 의도했던 이야기를 하기 위해 여러 가지 방법을 생각할 것입니다. 예를 들자면, 두괄식으로 쓸 것인지 미괄식으로 쓸 것인지를 결정하는 일과 같은 것을 말합니다. 또, 기승전결 방식을 택할 것인지 아니면 그냥 평범하게 병렬식으로 전개해나갈 것이지를 생각하면서 글을 쓰게 된다는 것이지요. 어떤 방식이든 좋습니다. 본인이 의도하는대로 이야기를 자유롭게 전개하면 됩니다. 다만, 한 가지 원칙을 세운다면 최소한 개연성만은 지키자는 것이지요. 게다가 논리적이라면 더 좋겠습니다. 최소한의 원칙만 지켜준다면 독자들은 그 글을 읽으면서 크게 거부감을 갖지 않을 것입니다. 다시 말해서 "못 썼다."는 이야기는 듣지 않게 된다는 것입니다.

일곱째로, 단어의 조합에 규칙을 부여하십시오.

글은 문장이 모여서 되는 것이고, 문장은 단어를 조합해서 만드는 것입니다. 단어를 단순 나열만 한다고 해서 문장이 될까요? 우리가 사용하는 단어는 대단히 많습니다. 비슷한 뜻을 가진 단어(유사어)도 많습니다. 하나의 문장을 만들 때는 글을 쓰는 사람의 뇌 안에서 많은 단어들이 종횡무진 나타났다가 사라집니다. 그 많은 단어 중에서 무엇을 골라 써야 하는지를 결정하는 것은 여러분이 해야 할 일입니다. 또, 문장을 만들려면 일정한 규칙에 따라 단어를 순서적으로 배열해야 하는데 그 기준이 되는 것을 문법이라고 할 수 있지요. 그런데 문법을 공부하기 위해서는 대단히 많은 시간과 노력을 들여야 합니다. 매우 치밀하고 구체적인 문법 체계가 있기 때문입니다. 그런데 생활 글쓰기를 하려고 하는 글쓰기 초보자가 어려운 국문법을 배워서 제대로 써먹기란 쉬운 일이 아니지요. 글쓰기를 하기 위해 문법은 필요하되 아주 어려운 문법까지 배우려고 하지 마십시오. 문법을 배우자면 머리만 아프고, 설사 체계적으로 배운다고 하더라도 글을 쓸 때 그 지식을 100% 활용하는 것도 아닙니다. 그저 글쓰기에 필요한 최소한의 문법만 터득하시면 됩니다. 그러니 최선책이 아닌 차선책 내지 대안을 제시한다면, 글을 쓸 때 틀리기 쉬운 것들을 먼저 체크하여 익혀나가는 것입니다. 이것은 마치, 대입 수험생이 시험 공부를 할 때 문제를 풀지 않고 반대로 문제지에 답을 체크해놓고 그것을 외우며 공부하는 것과 유사한 학습법입니다. 글쓰기 공부를 할 때도 틀리기 쉬운 사례들을 집중적으로 공부한다면 글을 쓰는 과정에서 실수하는 것을 최소한으로 줄일 수 있는 방법이 될 것이라고 확신합니다.

자, 이상으로 일곱 가지 원칙을 알아봤습니다. 이것으로 충분하다고는 할 수 없겠지요. 나머지 구체적인 요령은 여러분 자신이 끊임없이 실습을 하며 스스로 터득해야 합니다. 딱히 뾰족한

비법이라는 것은 없습니다.

이 시점에서 한 가지 더 짚고 넘어갈 것이 있습니다. 글을 잘 쓰고 싶어 하는 사람은 많습니다. 그리고 어떻게 하면 글을 잘 쓸 수 있느냐고 묻는 사람도 많습니다. 그런데 왜 글을 써야 하는지를 근본적으로 따져보는 사람은 적습니다. 어떻게 쓸까를 고민하기 전에 왜 써야 할까를 먼저 생각해보십시오.

왜 글을 써야 할까요? 물론 필요에 의해서 써야할 것입니다. 특히 생활 글쓰기는 '필요하기 때문'이라고 할 수 있지요. 이메일을 보낸다든가, 회사에서 보고서를 제출하기 위해 쓴다든가, SNS상에서 친구들과 대화를 나눌 때는 항상 글을 주고받아야 하니까요. 물론 필요에 의해서 좋든 싫든 글쓰기를 하고는 있지만, 글쓰기가 가져다주는 이로운 점을 생각해본다면 글을 잘 쓰고 싶다는 생각이 더 많이 들 겁니다.

첫째로, 글을 쓰면 복잡한 의미들을 하나로 통합시켜 줍니다. 우리는 하루 동안 뇌를 사용해서 오만 가지의 생각을 합니다. 그 수많은 생각들은 서로 연관성도 많지 않고 흩어져있는 상념들일 뿐이지요. 그렇기 때문에 생각이나 복잡한 의미들을 하나로 통합시켜서 고리로 엮어주는 작업이 필요합니다. 그때 필요한 것이 글쓰기입니다.

　둘째로, 두뇌 회전에 도움을 줍니다. 글을 쓸 때는 두뇌의 여러 부분이 활성화 되어 기억력과 집중력을 향상시킬 수 있습니다.

　셋째로, 사물을 바라보는 통찰력이 향상됩니다. 현상이나 생각을 글로 옮기는 과정에서 그 현상이나 생각의 본질을 파악하게 되는 것이지요. 그러니 통찰하는 능력이 향상되는 것입니다.

　넷째로, 문제를 해결할 수 있습니다. 업무상 어려운 문제를 만나거나 중요한 결단을 내려야 하는 순간에도 글쓰기는 큰 힘을 발휘합니다. 저는 이런 경우에, 문제가 되는 내용을 잘 정리해서 이메일 한 통을 보내는 것만으로도 골치 아픈 문제를 해결했던 경험을 많이 갖고 있습니다.

　다섯째로, 논리적인 사고가 발달합니다. 앞에서도 글쓰기는 '논리의 흐름'이라고 했는데 여기에서 말하는 논리는 수학이나 논리학에서 말하는 논리와는 약간 다릅니다. 글을 써 나가는 과정에서, 개연성 있는 글을 쓰려고 하다 보니 앞뒤 문맥이 이치에서 벗어나지 않게 해야 하고, 인과관계를 적용하여 논리의 모순이 없게 해야 하고, 오류 없는 문장을 쓰려고 노력하다 보면 자연스럽게 논리적인 사고의 틀이 형성되는 것입니다.

흔히 이과 전공자는 문과 전공자보다 글을 쓰는 능력이 떨어진다고 생각하시는 분들이 많습니다. 하지만 저는 그 반대로 생각합니다. 어디까지나 글은 '논리의 흐름'이기 때문에 '논리'에 강한 이과 전공자가 훨씬 유리하다고 봅니다. 생활문이나 일반적인 수필, 서술문을 작성하는 데는 굳이 문학적인 묘사가 필요하지 않습니다. 오히려 탄탄한 논리와 설득력이 요구된다고 할 수 있습니다. 문학적인 책을 쓰는 것이 아니라면 이과 전공자들이 글을 쓰는데 훨씬 유리하다는 것을 말씀드립니다.

또, 한 가지 간과할 수 없는 원칙이 있습니다. 글을 쓸 때는 항상 '쉬운 단어'를 사용하라는 것입니다. 매우 전문적인 서적을 집필하는 경우가 아니라면, 대부분의 경우에 쉬운 단어를 사용하는 것이 좋습니다. 여러분이 쓰신 글을 중학생들이 읽어도 이해할 수 있어야 합니다. 다시 말해서, 중학생 수준의 지적 능력만 있어도 충분히 독해할 수 있는 정도의 단어를 사용하라는 것입니다. 흔히 사용하지도 않고 어렵기까지 한 단어를 굳이 사용할 필요가 없습니다. 그런 단어를 사용한다고 해서 저자를 유식한 사람이라고 평가하는 것도 아닙니다. 글이라는 것은, 누가 읽어도 쉽게 이해하고 습득할 수 있을 때 의사 전달률이 높아지는 것입니다. 그래야 저자와 독자 사이에 진정한 소통이 이루어질 수 있습니다. 항상 '쉬운 단어'를 사용하십시오.

04_ 글쓰기는 '연결하기'다

글쓰기는 한 마디로 '연결하기'라고 말할 수 있겠습니다. 그렇다면 무엇을 연결한다는 말일까요? 단편적인 지식이나 생각, 아이디어, 느낌, 감정, 이념, 가치관, 구체적 사물, 추상적 개념까지를 모두 포괄하는 총체적 생각들을 짜깁기하는 작업입니다.

여러분이 글을 한 편 쓴다고 가정해보십시오. 글을 쓰기 위해서 어떤 프로세스가 진행되는지 잘 생각해보세요. 우선, 자리를 마련하겠지요? 종이와 펜을 준비해서 책상 앞에 앉거나, 아니면 컴퓨터를 켠 다음 문서창을 열고 글 쓸 준비를 하겠지요.

그 다음엔 무엇을 하나요?

머릿속에 그려진 사물이나 이야기 등등 위에서 열거한 것들을 하나 하나 떠올릴 겁니다. 그러나 머릿속에 떠오르는 생각들은 단지 생각의 파편들일 뿐이지요. 이것이 바로 글이 될 수는 없습니다.

그 다음엔 무엇을 해야 하나요?

생각의 파편들을 하나 하나 붙여나가야 합니다. 하지만 그 파편들이 한 방향으로 향하고 있는 것은 아닙니다. 그런데 여러분이 쓰고자 하는 글은 한 가지 주제를 향하고 있어야 하므로 그 파편들도 한 방향으로 줄을 세워야 합니다. 그러나 아무리 연관 지으려 해도 무리가 된다면 그 파편은 과감히 버리고 다른 생각을 끌어와야겠지요. 이것은 앞에서 제시한 '개연성'과도 아주 밀접한 관련이 있습니다.

우리는 말을 잘 하는 사람에게 보통 농담 삼아, "그 사람은 뭘 그렇게 잘 갖다 붙이는지 말도 잘해."라는 말을 자주 합니다. 이 말은 스토리텔링을 잘 한다는 뜻이고, 이러한 능력이 글쓰기에 적용된다면 훌륭한 작가가 될 수 있다는 뜻이 됩니다. 여기에서 '갖다 붙인다'는 것이 핵심 능력입니다. 동떨어져 있는 생각의 파편들이 연결성을 가지고 이어짐으로써 거대한 의식의 흐름을 만든다는 것입니다. 그러니 다시 말해서, 모든 글쓰기는 '연결하기'이자 '갖다 붙이기'입니다.

독서 모임에서 소설 쓰기를 시도해본 적이 있습니다. 정확히 말하면 릴레이로 소설을 쓰는 것인데 꽤 흥미로운 작업이었습니다. 처음에 한 사람이 짧은 글을 올리면 다음 사람이 그 글을 계속 이어나가는 방식입니다. 한 사람이 정식으로 소설을 쓴다면 전체 구성과 주제, 등장인물을 모두 설정해놓고 시작하겠지만 릴레이 소설은 즉흥적으로 이어가는 방식이라서 이야기가 어느 방향으로 흐를지 모르는 불확정성이 더 큰 흥미를 유발했습니다.

맨 처음에 한 사람이 글을 올렸는데 남자 주인공(20대) 둘과 여자 주인공(20대) 한 사람이 등장했고 그들의 대화가 스토리를 끌어가는 방식이었습니다. '남자 둘'과 '여자 하나'라는 설정은 삼각관계로 발전할 가능성이 있으니 그렇게 끌어나가는 것도 좋겠지요? 그래서 저도 뒤이어 다음과 같은 글을 올렸습니다.

두 남자에게 호감이 가지 않는 것은 아니었지만 이렇게 시답지 않은 일에 휘말리고 보니, 그나마 들었던 정도 손바닥 위의 모래알처럼 서서히 빠져나가는 것을 느꼈다.

'에휴, 이게 뭐람……'

당분간 사랑이니, 친구니, 우정이니, 남자니 하는 말들을 멀리 하고 싶었다. 그러고 보니 창민&이현의 〈밥만 잘 먹더라〉 노래가 생각났다. 특히 그 노래 중에서 "당분간은 일만 하자."라는 가사가 이 경우에 딱 어울릴 것 같았다.

천천히 길을 걸으며 고개를 푹 숙이고 보도블록을 바라봤다.

걸음은 점점 느려졌다. 그러면서 머릿속은 살짝 몽롱하고 아련한, 마치 위내시경 검진을 받기 위해 수면 주사를 맞았을 때와 비슷한 상태로 침잠하는 것 같았다.

'이러다 쓰러지는 것 아니야?'

정신을 차리고 다시 천천히 길을 걸었다. 항상 다니던 길이라서 상점들을 유심히 관찰한 적은 없는 것 같았다. 스마트폰 가게, 시계점, 안경점, 곱창집, 횟집, 옷가게 들이 눈에 들어왔다.

'저 가게들 전부 장사는 되고 있는 건가? 가겟세나 제대로 내고 있을까?'

생뚱맞게 왜 남의 사업 걱정이나 하고 있는 것인지 스스로도 설명하기 어려웠다. 길을 계속 걸었다. 몇 가지 어쭙잖은 생각들이 머릿속을 혼란스럽게 했다. 그러다 문득 중학생때 읽었던 찰스 디킨즈의 〈올리버 트위스트〉가 생각났다. 태어나서 고아로 살아갈 수밖에 없는 운명을 받아들여야 했던 주인공이 떠올랐다. 그러더니 샬롯 브론테가 쓴 〈제인에어〉도 떠올랐다. 역시 고아의 삶을 억척스럽게 살아야했던 그녀가 아니었던가.

'아, 난 고아가 아니어서 다행이다. 부모 없이 컸다면 난 지금 어디서 뭘 하고 있을까?'

계속 걸었다. 방금 전, 내 앞에서 추한 모습을 보여줬던 두 사내의 얼굴을 떠올렸다. 그 녀석들은 올리버 트위스트나 제인

에어처럼 운명적으로 비극을 안고 태어나지는 않았지 않은가. 나 역시 그렇다.

미국 드라마 〈뿌리〉의 주인공인 '킨타쿤테' 만큼은 불운하지 않고, 해리엇 비처 스토 부인이 쓴 〈엉클 톰스 캐빈〉에 나오는 흑인 노예 톰아저씨만큼 가혹한 운명을 부여잡고 살지 않았어도 된 자신의 처지가 사뭇 감사하게 생각되었다.

이 글에도 드러나 있듯이, 스토리를 전개해나가면서 연관성이 별로 있어 보이지 않는 것들을 끌어와서 연결했습니다. 이야기를 풀어나간 과정을 설명해보겠습니다.

남자 둘 사이에서 어정쩡한 처지에 놓인 여자, 그 여자는 이제 '사랑'보다는 일을 택하기로 마음 먹습니다. 그리고 거리를 배회합니다. 그러면서 〈밥만 잘 먹더라〉라는 노래가 생각났고, 병원에서 주사를 맞았을 때를 떠올립니다. 또, 거리에 늘어선 상점들을 유심히 바라보게 되었고, 이어서 〈올리버 트위스트〉와 〈제인에어〉도 생각이 났다는 것이지요. 그러더니 〈뿌리〉와 〈엉클 톰스 캐빈〉까지 언급합니다.

자, 여기에 등장한 각각의 소재들은 처음에는 사실 연관성이 별로 없어 보였지만 하나하나 엮어 가다보니 전체의 주제로 향하고 있다는 느낌이 드는 것입니다. 그러니 글쓰기는 '연결하기', '엮어내기' 또는 '갖다 붙이기'라고 해도 무방할 듯합니다. 다만, 여기에서 조심할 것은 전체의 논리적 흐름에서 벗어나지 않아야 한다는 것입니다.

제2장

남이 쓴 글 분석하기

05_ 남이 쓴 글을 분석하는 방법

　이제껏 여러분은 남이 쓴 글을 많이 읽으셨을 겁니다. 이 책을 읽는 지금도 '민경호'라는 사람이 쓴 책을 읽고 계신 거지요. 남이 쓴 글을 읽는다는 것은 절대적으로 필요한 일입니다. 글쓰기를 배우고자 하는 사람이라면 더욱 그렇습니다. 중국 송나라의 구양수는 글을 잘 쓰기 위해서는 세 가지 원칙을 지켜야 한다고 했지요. 많이 읽고(多讀), 많이 써보고(多作), 많이 생각하라(多商量)고 했습니다. 여기에서 보듯이 많이 읽는다는 것이 매우 중요한 일인데, 글쓰기를 배우려고 하는 사람은 그저 많이 읽는 것으로 만족해선 안 됩니다. 비록 적게 읽더라도 자신이 읽는 글을 분석할 줄 알아야 합니다. 그러니 다독 보다는 정독이 더 낫다고 말할 수 있겠습니다.

  자, 이제부터 여러분이 남의 글을 읽으실 때는 이렇게 하십시오.

  첫째, 글을 쓴 지은이가 그 글을 통해서 말하고자 한 것이 무엇인지 파악하는 연습을 하십시오.

  주제 파악이라고도 할 수 있겠는데요, 그 글을 다 읽은 후에도 지은이가 무엇을 말하기 위해 그 글을 썼는지 알 수 없다면, 두 사람 중 한 사람이 잘못한 것입니다. 지은이가 글을 잘못 썼거나 아니면 독자가 지은이의 의도를 읽어 들이지 못한 것입니다.

  둘째, 어떤 단어를 구사했는지 면밀히 검토하십시오.

  단어는 매우 많습니다. 글쓴이가 뜻을 전달하기 위해 사용하는 단어는 많지만 실제로 활자화된 글을 이루고 있는 단어들은 그야말로 '선택된' 단어라는 것입니다. 문장 하나하나에 드러난 단어들이 어떤 의미에서 글쓴이에게 선택되었는지를 면밀히 살펴보십시오. 아마도 글쓴이는 문장 하나하나를 완성하는 과정에서 단어들을 신중하게 선택했을 것입니다. 그리고 또, 써놓고 나서 고쳐 쓰는 과정에서 다른 단어로 대체한 것도 분명 있을 것입니다.

그러니 여러분이 읽고 있는 글에 들어있는 단어들은 선택된 단어인 것입니다. 이 원리는 여러분이 글을 쓰실 때도 역시 마찬가지로 작용합니다. 어떤 단어를 선택할 것인지를 순간적으로 빠르게 판단하면서 문장을 써 나가야 한다는 뜻이지요. 글쓴이가 선택한 단어 대신에 다른 유사어를 사용할 수도 있었을 텐데 그렇게 하지 않고 굳이 그 단어를 사용한 이유가 무엇이지를 생각해본다면 그 생각 자체가 글쓰기 공부인 것입니다.

셋째, 지은이가 어떤 마음, 어떤 생각을 가지고 글을 썼는지 파악하십시오.

이것은 '글쓴이의 마음 읽기'입니다. 글쓴이의 마음을 읽어보고 나서, 과연 내가 썼다면 어떻게 썼을까를 생각해보라는 것입니다. 글쓴이와 똑같은 상황에서, 같은 이야기를 내가 쓴다고 하면 다른 표현, 다른 접근을 하지 않았을까를 생각해본다면 여러분의 글쓰기 실력 향상에 많은 도움이 될 것입니다.

06_ 예문으로 보는 글

이제부터는 글쓰기 실전에 대비한 훈련을 하겠습니다. 여러분이 직접 글을 쓰기 전에 먼저 해야 할 일은 다른 사람의 글을 읽어보는 것입니다. 다른 사람이 쓴 글을 읽어봄으로써, 그 글이 다루고 있는 내용이나 표현 기법, 서술 방식, 생각이나 느낌을 전달하는 방법, 단어 선택 요령을 파악할 수 있습니다. 단, 전제 조건이 있습니다. 그냥 대충 읽지 말고 분석해야 합니다. 여기에서 제시하는 예문들은 제가 쓴 글이구요, 그 뒤에는 글에 대한 해설이 이어질 것입니다.

자, 그러면 이제부터 예문을 하나씩 살펴보면서 구체적인 설명을 이어가도록 하겠습니다. 우선 가볍게 몸을 푸는 연습이라 생각하시고 생활 글쓰기부터 쉽게 접근해보겠습니다.

[예문1]

아침 8시경, 구로역. 지하철 문이 열리자 사람 쓰나미가 몰려들어왔다. 꺅……. 이렇게 많은 사람들이 한꺼번에 밀어닥치다니……. 문 바로 앞에 바짝 붙어있던 나는 쓰나미에 밀려 좌석에 앉은 사람 앞에 다다랐고, 이어 허리가 꺾여들자 나는 벽에 손을 붙여 버텨보았으나 그나마 여의치 못했다. 그 상태로 두 정거장을 가니 좀 버틸만했다. 화성시에 강의하러 가는 하루는 그렇게 시작되었다. 중학생 때 콩나물 버스에서 시달려본 후 처음 겪은 일이다. 다음에는 더 일찍 출발해야겠다는 생각과 함께 이제것 내가 편하게 살았다는 생각이 들었다. 좀 더 치열하게 살아야겠다.

위의 글은 제가 직접 경험한 일을 글감으로 사용해서 지은 글입니다. 이 글은 손글씨로 작성한 글도 아니고 컴퓨터 앞에서 자판을 두드리면서 쓴 글도 아닙니다. 지하철에서 이런 일을 겪은 후 바로 스마트폰으로 작성해서 페이스북(SNS중 하나)에 올렸습니다. 방금 위에서 설명했던 것처럼 이 글을 분석해보겠습니다.

첫째로, 글쓴이가 이 글에서 무엇을 말하는지 알아보라고 했지요. 지하철 역에서 황당하게 겪었던 사건인데 이 일을 통해서 두 가지 생각이 들었다고 말했습니다. 더 일찍 출발해야겠다는 생각과 이후로는 조금 더 치열하게 살아야겠다는 생각이 들었다는 것입니다. 결국 글쓴이는 이 두 가지를 말하고 싶었으며, 이러이러한 사건이 있었다고 말하고 싶었던 것입니다.

둘째로, 사용한 단어들을 살펴보겠습니다. 우선, 첫 문장에서 '아침 8시경, 구로역'이라고 말한 것을 통해서 두 가지 정보가 전달되지요. 시간 정보와 공간 정보입니다. 독자들이 이 글을 읽는 데 있어서 최소한의 배경 정보(시간 정보, 공간 정보)를 먼저 알려줘야 한다고 생각한 것이지요. 그 다음, '사람 쓰나미'라는 말이 나왔네요. 이 단어가 의미하는 것이 뭘까요? 사람들이 물밀듯이 밀려들어왔다는 뜻입니다. '콩나물 버스'라는 말은 콩나물 시루에 콩나물들이 빼곡하게 들어있듯이 버스에도 사람으로 만원을 이루었다는 뜻이 됩니다. 이러한 단어들은 글의 흐름을 위해 선택된 단어들인데 반드시 이 단어를 쓰라는 법은 없겠지요. 그러니 문장과 단어는 다른 것으로도 얼마든지 대체될 수 있습니다.

셋째로, 글쓴이의 마음을 읽어야 한다고 했습니다. 위의 글에 담긴 글쓴이의 마음은 뭘까요? 제 딴에는 일찍 출발했다고 생각했건만 막상 지하철을 타보니 많은 사람들이 밀려들어와 당황스러웠고, 오래 전(중학생 때) 콩나물 버스에서 시달렸던 기억도 스쳐 지나가면서 다소 게을렀던 자신을 추스르게 되었다는 것입니다. 그리고 이 글을 읽은 독자 여러분은 여기에서 하나를 더 생각해야 합니다. 여러분이 이 상황이었다면 글을 어떻게 썼을까를 생각해보시라는 겁니다. 같은 단어와 같은 표현을 썼을까요? 아닙니다. 전혀 다른 글이 되었겠지요. 이러한 가정과 상상을 하면서 남의 글을 읽으면 얻을 수 있는 것이 참 많습니다. 연습해보시기 바랍니다.

[예문2]
제목: 〈효도 여행〉

부모님을 모시고 안동에 있는 산소에 다녀왔다. 안동에 계신 큰고모, 작은고모와 오랜만에 다시 만나 그동안 잊고 살았던 가족의 정을 다시 느낄 수 있었고, 나는 나대로 내 뿌리와 내 정체성에 대해 다시 생각해보는 기회를 가질 수 있었다.

오바마는 그의 자서전 '내 아버지로부터의 꿈'에서 자신의 정체성을 찾아 떠나는 여행을 한다. 난 이것을 '자서전 여행'이라고 명명하였다. 이번 기회에 나도 내 자서전 여행의 일부를 수행한 것 같다.

또, 서로 오랜만에 만나신 삼남매를 모시고 영덕에 가서 대게를 먹고 안동으로 돌아오던 중 복숭아 밭 앞에서 사진을 찍었다 (어머니 포함). 이동하는 동안 차 안에서 작은고모는 '나의 살던 고향은~' 노래를 시작했고 이어 큰고모와 아버지가 따라 불렀다. 차 안은 금세 노래방이 되었고 운전하는 나는 흐뭇한 마음으로 노래 가사를 음미해보았다. 마음 훈훈한 광경이었다. 큰고모님이 연로하셔서 언제 또 뵐 지 알 수 없으니 내년에도 가야겠다. 참 즐겁고 뜻깊은 여행이었다.

위의 글은 오랜만에 가족들이 한 자리에 모여 즐거운 시간을 보냈던 여행에 대해 소감을 적은 글입니다. 이 글을 쓰고 난 다음에도 역시 페이스북에 올렸습니다. 여기에서 살펴볼 것은 우선 첫 문장입니다. "부모님을 모시고 안동에 있는 산소에 다녀왔다."라는 말로 첫 문장을 시작한 것은 이 글이 어떤 내용에 관한 이야기인지 독자들에게 정보를 주기 위해서입니다. 두괄식 문장이라는 것이지요. 독자들은 글의 중간을 먼저 읽고 그 다음에 앞으로 훑어 올라가면서 첫 부분을 읽지는 않습니다. 첫 문장부터 순서대로 읽는다는 것이지요. 그래서 첫 문장이 중요합니다. 또, 요즘과 같이 바쁜 시대에는 자신의 귀한 시간을 들여 남이 쓴 글을 읽는다는 것도 쉽지 않은 일이므로, 독자가 첫 문장을 읽어보고 흥미롭지 않으면 더 이상 그 글을 읽지 않고 넘어간다는 것을 알아야 합니다. 저자는 독자의 마음을 읽을 필요가 있습니다. 그래서 더욱 두괄식으로 글을 쓸 필요가 있습니다. 글의 제목과 첫 문장은 독자가 그 글을 끝까지 읽을 것이냐 말 것이냐를 결정할 중요한 요소입니다.

위의 문장에서는 제목이 '효도 여행'이고 첫 문장이 "부모님을 모시고 안동에 있는 산소에 다녀왔다."이므로, 독자들은 여기까지 읽고 나서 '이 글은 여행을 갔다 오고 나서 쓴 기행문 성격의 글이로구나.'라고 생각할 것입니다. 다시 말해서 저자는 독자가 최대한 신속히 글의 내용 속으로 빠져들 수 있도록 유도해야 한다는 것입니다.

예문의 두 번째 문단에서는 오바마의 경우와 본인의 경우를 대비하면서, 평소에 저자가 생각해왔던 내용을 제시합니다. 또, 세 번째 문단에서는 하나의 즐거웠던 에피소드를 소개했고, 그 여행을 통해 어떤 다짐을 하게 되었는지를 말하고 끝맺었습니다.

비록 길지 않은 글이지만, 저자가 이 글을 통해 말하고 싶었던 것이 무엇인지, 어떤 에피소드가 있었는지, 결과적으로 어떤 다짐을 하게 되었는지 알 수 있는 글이 되었습니다.

[예문3]
제목: 〈레지오넬라균 경계하기〉

지방에 강의하러 다닐 때 주로 고속버스나 시외버스를 이용하는데 요즘은 각별히 레지오넬라균을 경계하게 된다. 버스 에어컨에서 나오는 퀴퀴한 냄새를 맡으며 내 허파가 잘 견뎌주기를 바랐다. 어제도 갈 때 2시간, 올 때 2시간 동안 차 타고 오면서 숨을 어떻게 쉬어야 하는지 고민했다. 창문을 열 수도 없고 꼼짝없이 버스 내부의 공기로 숨을 쉬어야 하는데, 쉬어야 할지 말아야 할지 망설여졌다. 내가 숨 쉬는 것 까지 고민해야 하나? 내 차를 갖고 가면 그럴 염려는 없겠지만 운전도 노동이라 그 노동은 피하고 싶은데…….

기사 아저씨들, 에어컨 좀 청소해주면 안 되나요? 부탁 드려요. 계속 이용할테니 청소 쫌 해 주쎄용…….

위의 글은 차를 타고 다니면서 불편을 느꼈던 일에 대해서 쓴 글입니다. 이 글도 작성 후 페이스북에 올렸습니다. 이 글에서는 서론, 본론, 결론과 같은 형식을 찾아볼 수가 없습니다. 바로 본론으로 들어가지요. 다만, 제목에서 〈라지오넬라균 경계하기〉라고 했으니 독자들은 이 글이 어떤 내용의 글일지 궁금하게 생각할 것입니다. 그리고 나서 첫 문장에서 레지오넬라균을 바로 언급합니다. 또 이것이 글 전체에서 어떤 의미를 갖는 단어인지를 바로 알 수 있게 해줍니다. 청소를 하지 않은 에어컨에 서식하는 균 때문에 퀴퀴한 냄새가 나고 그 때문에 불편을 느꼈다는 것이지요. 본론을 말하고 나서 마지막에는 운전 기사 아저씨들께 부탁하는 말로 마무리합니다. 이렇게 실용 글쓰기에서는 굳이 글의 형식을 따질 필요가 없습니다. 틀에 얽매여 자유로운 글쓰기를 하지 못한다면 그 또한 바람직한 일은 아닙니다. 부담 없이 생각이 가는대로, 손이 가는대로 줄줄 적어나가면 한 편의 글이 되는 것입니다. 글이라는 것은 '의사 전달'에 가장 큰 목적이 있기 때문에 의사가 독자들에게 분명히만 전달된다면 글을 쓴 소기의 목적을 달성한 것이라고 할 수 있겠지요. 정형화된 형식에 너무 집착하지 마십시오.

[예문4]

제목: 영화 〈인터스텔라〉를 보고 나서

예고편을 접했을 때 꼭 봐야 할 영화라는 걸 직감했다. 극장엔 나를 포함해 다섯 명의 관람객이 있었다. 개봉 첫날에 조조(아침 상영)로 영화를 관람했다는 것은 그만큼 그 작품에 대한 기대가 컸기 때문이라고 해야 할 것 같다.

이 영화는 천문학적 거리를 이동하기 위해 웜홀을 통해 다른 은하계로 간다는 성간(iterstella) 여행을 다루고 있는데 이는 현대 과학으로 불가능한 일이지만 우주적 상상력을 담아 작품을 만들었다고 해야 할 것 같다.

오염된 지구를 벗어나 새로운 보금자리를 찾아 떠나는 우주비행사 쿠퍼가 딸과 이별하는 장면은 애틋한 가족애의 전형을 보여준다.

우주에 대한 전문 지식이 없는 관객들도 은하계 밖의 세계를 미루어 짐작할 수 있게 해주는 다양한 영화적 시도가 탁월했다고 생각한다. 그래픽과 사운드로 우주적 상상력을 극대화시켜주어 재미와 흥분을 유발했다. 블랙홀 안에서 노출 특이점(naked singularity)을 찾아내려는 시도가 그러하고, 웜홀을 통과하는 장면, 부서진 모선(mothership)과의 도킹 장면이 그러하다. 시공간의 왜곡, 시간의 지연 현상은 아인슈타인의 상대성 이론에서 끌어왔고, 5차원 세계에서 3차원 세계에 보내는 신호는 상상력이 빚은 결과물일 것이다.

다른 별에 먼저 도착해서 구조를 기다리며 동면 캡슐 안에서 잠자던 박사를 주인공 쿠퍼가 일으켜 세우니 서로 끌어안으며 감격에 겨워하며 말한다. 다른 사람의 얼굴을 볼 수 있다는 게 큰 기쁨이라는 걸 알았다고. 지구상에서 70억의 사람들이 함께 살아갈 수 있다는 것에 감사해야 할 이유가 여기에 있다.

최근에 봤던 〈그래비티〉를 뛰어넘을 만한 영화가 당분간 나오기 어려울 것 같다고 예상했던 나의 생각은 보기 좋게 빗나갔다. 수많은 채널을 통해서 이 영화를 다시 보고 싶다. 〈인터스텔라〉를 능가할 영화를 당분간 기대하기는 어려울 것 같다. 작품을 만들어준 크리스토퍼 놀란 감독에게 감사한다.

　위의 글은 영화 감상문입니다. 정식으로 쓴 감상문이라기 보다
는 SNS에 올려서 다른 사람들과 소통하기 위해서 쓴 글이라고
해야 맞을 것 같습니다. 정식 감상문이 아니라서 표현이 약간 투
박하고 다듬어지지 않은 느낌은 납니다만 SNS용 글인 점을 감안
한다면 이로써 소통하는 기능을 했다고 생각합니다. 글쓴이가 먼
저 영화를 보고 나서 그 느낌과 생각을 서로 나누는 기회로 삼은
것이지요. 여러분이 글쓰기 초보자라면 먼저 영화 감상문을 써보
시는 것도 글쓰기 공부에 큰 도움이 될 것이라고 생각합니다. 영
화를 한 편 보고 나면 이야깃거리가 많아집니다. 마치 한 권의 책
을 읽은 것과 같이 스토리를 말할 수 있게 되지요. 스토리뿐 아니
라 느낌과 감동까지 다른 사람에게 전달할 수 있습니다. 글을 쓰
려면 가장 먼저 필요한 것이 글감(글의 재료)인데, 영화 한 편에서
수많은 글감을 찾아낼 수 있기 때문에 영화를 보고 감상문을 쓴
다는 것은 글쓰기 훈련에 많은 도움이 됩니다. 책을 읽고 독후감
을 쓴다면 더 좋겠지만 책 읽기를 기피하거나 싫증내는 사람이
많기 때문에 그 차선책으로 영화 감상문을 써보는 것도 권할 만
하다는 것입니다.
　위의 예문에서는 도입부를 먼저 살펴보십시오. 첫 문장에서는
'예고편을 봤다'는 말이 나옵니다. 보통 글쓰기를 어려워하시는

분들은 첫 문장을 어떻게 시작해야 할지 모른다고 하시는 분이 많은데, 이 예문에서는 첫 문장을 어떻게 시작했는지 생각해보면서 글쓴이의 마음을 읽어보십시오. 만일 여러분이 이 영화를 보고 감상문을 쓴다면 첫 문장을 어떻게 시작할까를 염두에 두고, 여러분의 생각과 글쓴이의 생각을 대비하면서 읽어보십시오.

두 번째 문장부터는 극장에 가보니 어떤 상황이었다는 말을 하고 있습니다. 그리고 나서 '조조로 영화를 봤다'고 하지 않고 '조조로 영화를 관람했다는 것은 ~ 할 것 같다'라고 말하고 있습니다.

두 번째 문단(천문학적~)에서는 그 영화가 다루고 있는 것이 어떤 내용인지 간단하게 소개합니다.

세 번째 문단(오염된~)에서는 영화에서 인상 깊었던 장면을 얘기하고 있습니다.

네 번째 문단(우주에~)에서는 글쓴이가 영화를 바라본 시각과 함께, 본인이 갖고 있는 상식 안에서 영화를 해석하려는 시도가 엿보입니다.

다섯 번째 문단(다른 별에~)에서는 인상 깊었던 장면을 소개하면서 글쓴이가 영화를 통해 깨달은 점까지 말합니다.

여섯 번째 문단(최근에~)은 결론 부분입니다. 영화에 대한 총평을 하면서, 좋은 작품을 만들어준 감독에게 감사한다는 말로써 끝맺습니다.

반드시 이런 형식으로 쓰라는 것이 아닙니다. 이것은 감상문을 쓰는 전형적인 방식도 아닙니다. 다만 창의적인 글을 쓰기 위해서는 형식을 파괴할 줄도 알아야 하고, 교과서적인 문체를 벗어나야 한다는 뜻입니다. 여러분의 생각이 흐르는 대로 생각과 논리의 흐름에 따라 글을 쓰십시오. 그래야 글쓰기에 대한 거부감과 두려움을 없앨 수 있습니다. 글쓰기에는 정답이 없습니다. 수학에는 정답이 있고 숫자 하나만 틀려도 틀린 것입니다. 하지만 글에는 정답이 없습니다. 여러분이 쓰는 글이 바로 여러분 자신을 표현하는 생각입니다.

[예문5]

제목: 영화 〈잡스〉를 보고 나서

사흘 전에 개봉한 영화 '잡스(Jobs)'를 오늘 보았다. 이미 그의 전기(책)를 읽었던 터라 그에 관한 수많은 정보를 알고 있었기 때문에 영화에서는 그가 어떤 모습으로 그려질지 사뭇 기대 되었다. 두 시간 남짓 되는 시간 안에 그를 온전히 담아내기란 쉽지 않았을 것이다. 책에서 그려진 그의 모습은 카리스마 넘치는 냉혈한이었지만 영화에선 다소 유순한(?) 모습이었다. 영화에서 보여진 모습보다 훨씬 과격했을 것이라고 추측한다.

반드시 다루어야 할 요소들이 몇 가지 빠진듯한 인상도 받았다. 그건 아마도 한정된 시간 안에 담아내기 위해 생략한 것이 아닌가 생각되지만 그래도 아쉬운 점은 있었다. "우린 우주에 흔적을 남길 제품을 만든다."는 대사 한 마디라도 넣어줬더라면 더 좋았을 것이라는 생각이 들었다.

영화 대본을 쓴 시나리오 작가가 잡스의 전기를 쓴 월터 아이작슨에게 조언을 구했더라면 좀 더 훌륭한 영화가 만들어지지 않았을까 생각해본다. 그래도 창의와 혁신의 아이콘인 스티브 잡스를 멘토로 삼는 데에는 부끄러움이 없을 듯하다. 나 역시 창의적이니까.

위의 글은 영화 '잡스(Jobs)'를 보고 나서 쓴 글입니다. 이 글 역시 SNS에 올린 글입니다. 스티브 잡스에 대한 이야기는 먼저 책으로 나왔기 때문에 저는 이미 그 책을 읽은 상태였고, 영화로 나왔다는 이야기를 접하고는 극장에서 가서 관람했습니다. 과연 책에서 묘사된 잡스의 이미지와 영화에서 그려진 잡스의 모습이 일치하는지도 궁금했지요.

예문의 첫 문장에서는 '잡스라는 영화를 보았다'는 내용으로 시작합니다. 이것은 글의 도입부이므로, 독자들은 이 글이 어떤 내용을 다루고 있는지 궁금하게 생각할 것이고 글쓴이는 그 궁금증을 풀어주기 위해 첫 문장에서 선언적으로 말한 것입니다. 다음으로 이어지는 내용은 글쓴이가 책과 영화를 비교하면서 관람했다는 것과 영화 감독의 고민을 미루어 짐작한다는 것을 말하고 있습니다.

두 번째 문단(반드시~)에서는 영화를 관람하는 사람으로서 아쉽게 생각했던 점에 대해서 말합니다.

세 번째 문단(영화 대본을~)에서는 주인공 잡스를 멘토로 삼을 만한 가치가 있다는 말로 마무리했습니다.

여러분이 영화를 감상하실 때에도 그냥 보는 것으로 끝내지 말고 영화 감상문을 쓰겠다는 전제 하에 영화를 분석하는 시선으로 관람하시기 바랍니다. 영화를 통해 좋은 글감을 얻을 수 있을 것입니다.

제3장
기본 규칙 익히기

07_ 호응 관계 이해하기

글쓰기를 할 때 호응관계를 맞춰주는 것은 대단히 중요한 일입니다. 아무리 훌륭한 내용을 담고 있는 글이라도 호응관계를 제대로 맞춰 쓰지 않으면 글의 완성도와 품위가 급격히 떨어지게 됩니다. 또 이것에 신경을 쓰면서 글을 작성하면 내용이 변변치 못한 글이라고 해도 그다지 아마추어가 썼다는 느낌을 주지 않습니다. 그러니, 글쓰기 초보에서 탈출하고 싶다면 우선 호응관계를 맞춰 쓰는 연습을 하십시오.

문장에서 '호응'이란, '앞에 어떤 말이 오면 거기에 응하는 말이 따라 옴'을 뜻합니다. 예를 들면, '결코' 라는 부사가 들어있는 문장은 부정문이 되어 그 문장의 서술어에는 부정의 의미를 갖는

'~아니다'(부정)라는 말이 나와야 한다는 것입니다. 그 이유는 '결코'라는 부사 안에 부정적인 의미가 포함되어 있기 때문입니다. 그런데 문장 안에 '결코' 라는 말이 있는데도 불구하고 "~이다."(긍정)로 쓴다면 그 문장은 틀린 문장이라는 것입니다.

[예문] 나는 <u>결코</u> 남에게 피해를 <u>주지 않았다</u>. (○)
　　　나는 <u>결코</u> 남에게 피해를 <u>주었다</u>. (×)

이 예문은 짧은 문장이니까 쉽게 호응관계를 판별할 수 있습니다. 하지만 긴 문장이라든가 복잡하게 얽힌 문장을 만들 경우에는 이 규칙을 지키지 못하는 경우가 많습니다.

또, 흔히 잘못 사용하는 말이 있습니다. '너무'라는 부사는 '지나치게'라는 뜻입니다. '지나치다'는 것은 좋은 의미가 아니겠지요. 부정적인 의미가 많이 포함되어 있습니다. 그런데 '너무'를 긍정적인 의미에 사용하는 경우가 많습니다.

[예문] 너무 좋다. (×)
　　　너무 맛있다. (×)
　　　너무 행복하다. (×)
너무 좋다고 하면 "지나치게 좋다."는 뜻입니다. "지나치게 좋다."라고 말하는 사람은 없을 겁니다. 이것은 언어의 논리로도 맞지 않습니다. 그러니 "너무 좋다."라는 말은 틀린 말이고, 그 대신에 "매우 좋다."또는 "대단히 좋다." 또는 "정말 좋다."라고 해야 옳습니다. 이 역시 호응관계라고 말할 수 있습니다.

조금 더 긴 문장을 예로 들겠습니다.

[예문]
그들은 날마다 적당한 운동과 체육 이론을 열심히 공부했다.

이 문장을 맞는 문장이라고 생각한다면 호응관계를 공부해야 합니다. 여기에서 중요한 단어는 '운동'과 '이론'입니다. 운동은 하는 것이고, 이론은 공부하는 것입니다. 그러니 이 문장은 다음과 같이 고쳐야 합니다.

그들은 날마다 적당한 운동을 하였으며, 체육 이론도 열심히 공부했다. (○)

이것을 이해하기 어렵다면 이번엔 수학으로 예를 들어볼까요? 수학에서 '분배의 법칙'이라는 것을 배우셨을 겁니다.

$$A(B+C) = AB + AC$$

기억 나시죠? 여기에서 A는 B와도 연결되고 C와도 연결됩니다. [예문]을 다시 보시면, '공부했다'가 'A에 해당되고, '운동'은 'B', '이론은 C'에 해당됩니다. 다시 말해서 (운동을 공부했다, 이론을 공부했다)가 되는 것입니다. 여기에서 '이론을 공부했다'는 말이 되지만 '운동을 공부했다'는 말이 되지 않습니다. 그러므로 이 예문은 호응관계를 맞추지 않은 문장입니다. 그래서 위와 같이 맞는 문장으로 고쳐야 합니다.

또 다른 예문을 살펴보겠습니다.

[예문] 오늘날 우리가 염려하는 것<u>은</u> 현대 과학의 급속한
　　　 발전에 따라 인간성 상실이 <u>일어난다</u>.

이 문장은 호응관계를 맞추지 않은 문장입니다. (~은, ~는, ~이, ~가)를 보통 '주격 조사'라고 합니다. 문장에서 이런 형태는 주로 주어의 역할을 한다는 것이지요. 예문에서 '은'과 '일어난다'에 밑줄을 그어놓았습니다. 이것이 바로 호응관계를 맞추지 않았다는 증거입니다. 위의 문장에서 "염려하는 것<u>은</u> ~ 일어난다는 점<u>이다</u>."라고 해야 맞습니다. "일어난다."로 끝내면 안 된다는 것입니다. 맞게 고치면 다음과 같습니다.

→ 오늘날 우리가 염려하는 것은 현대 과학의 급속한 발전에 따라 인간성 상실이 <u>일어난다는 점이다</u>. (○)

제시한 예문과의 차이점을 아시겠지요? 다시 말해서 주어 부분과 서술어 부분이 호응관계로 일치해야 한다는 것입니다. 문장이 길어질수록 이것을 판별해내기가 어렵겠지요. 그러니 짧은 문장으로 호응관계 맞추는 연습을 꾸준히 하셔야 합니다.

08_ 알맞은 조사 사용하기

    조사는 그 문장의 성분을 좌우하는 요소입니다. 조사를 잘못 사용하면 글의 완성도가 떨어지고, 독자들은 그 글을 아마추어가 썼을 것이라고 생각하게 됩니다.

    어느 버스 정류장에 버스가 들어오자 자동으로 안내 방송이 나왔습니다. 안내 방송 내용을 듣고 매우 당황했습니다.

    [예문] 버스를 들어옵니다. (×)

라는 방송이 나왔습니다. 제 귀를 의심하지 않을 수 없었습니다. '를'은 목적격 조사인데 어떻게 주격에 사용했을까요? 주격조사

'가'를 사용해야 맞는 것이지요.

→ 버스<u>가</u> 들어옵니다. (○)

라고 해야 맞습니다. 이 외에도 조사를 잘못 사용하는 예는 참 많습니다.

[예문] 시장<u>을</u> 들렀다가 우체국에 다녀와라. (×)

이 예문은 맞을까요? 장소를 나타내는 조사 '에'를 사용해야 맞지요.
→ 시장<u>에</u> 들렀다가 우체국에 다녀와라. (○)

라고 해야 맞습니다. 또 관형격에 사용하는 조사도 잘못 사용하는 경우가 많습니다.

[예문] 나는 나<u>에</u> 생각을 표현할 수 있다. (×)

'에' 대신에 '의'를 사용해야겠지요. '나에'가 아니라 '나의'로 해야 맞습니다.

→ 나는 나의 생각을 표현할 수 있다. (○)

(~의)를 관형격이라고 합니다. 영어에서는 이것을 소유격이라고 하지요. 나의(my) / 너의(your) / 그의(his) / 그것의(its) / 그들의(their) 처럼 표기합니다. 여기에서 보듯이 모두 (~의)라고 표기하지, (~에)라고 하지는 않습니다.

이렇듯 우리가 언어를 사용할 때 무심코 틀리게 사용하는 경우가 많이 있고, 그것이 정말 잘못된 말이라면 맞게 고쳐 사용해야겠지요. 글을 쓸 때도 여러분이 쓰신 글 가운데 틀린 표현이 있는지 면밀히 살펴보는 연습을 하시기 바랍니다.

09_ 단어의 뉘앙스 이해하기

　모든 문장은 단어가 모여 이루어집니다. 단어가 기본 요소라는 것이지요. 문장을 이루는 구성 성분에는 주어, 서술어, 목적어, 보어, 관형어, 부사어, 독립어 등이 있는데 이것은 개개의 단어가 문장 안에서 어떤 역할을 하느냐에 따라 규정되는 것입니다. 문장을 이루는 단어 하나하나에는 고유한 뜻과 고유한 기능이 있습니다. 그것을 정확히 알고 사용할 때 바르게 글을 쓸 수 있습니다. 어감의 미묘한 차이를 프랑스어로 '뉘앙스(nuance)'라고 합니다. 단어마다 고유의 의미가 있으므로 그것이 사용되는 문장 안에서도 고유한 어감의 차이를 가지고 있는 것입니다. 다음의 예를 보면 뉘앙스의 차이가 확연히 드러납니다.

너 <u>때문에</u> 내 인생 망쳤어. (○)

네 <u>덕분에</u> 이번 일을 잘 마칠 수 있었다. (○)

너 <u>때문에</u> 행복해. (×)

네 <u>덕분에</u> 개망신 당했다. (×)

'때문에'와 '덕분에'를 구분해 봅시다. 위의 문장에서 '때문에' 라는 말에는 원망하는 말투(다시 말해서, 뉘앙스)가 들어 있지요. 그러니 이런 경우에 긍정적인 의미에 사용하는 안 됩니다. 또 '덕분에' 라는 말은 감사하다는 긍정적 의미가 담겨 있는 말이라서 그 반대인 부정적인 의미를 나타내는 문장에 사용하면 안 되겠지요. 이와 같이 우리가 사용하는 단어에는 액면적인 의미 외에도 느낌이나 분위기가 내포되어 있다는 사실을 알아야 합니다. 흔히 '아' 다르고 '어' 다르다는 말을 하지요. 그러니 어떤 단어를 어떤 경우에 사용하는지 정확히 알면 글을 통해서 우리의 의사나 느낌을 제대로 전달할 수 있습니다. 원어민을 'native speaker'라고 하지요. 우리는 한국어를 사용하는 원어민입니다. 그러니 한국어를 외국인보다 훨씬 잘할 수 있습니다. 외국인이 아무리 우리 말을 배워서 사용하더라도 우리가 한국어를 사용하는 것만큼 뛰어나게 하지 못합니다. 그것은 원어민이라야만 알 수 있는 단어의 뉘앙스가 있기 때문이지요. 글을 쓸 때도 단어의 뉘앙스를 잘 살리시기 바랍니다.

10_ 동사의 활용 이해하기

동사는 문장에서 매우 중요한 핵심 성분입니다. 동사를 잘 활용하려면 우선 각 동사의 원형부터 정확히 알아야 합니다. 동사는 여러 형태로 변형해서 사용하기 때문에 원형을 제대로 알지 못하면 잘못 변형시킬 수 있기 때문입니다.

아주 오래 전에 유행했던 미국 드라마 중에 '<u>날으는</u> 원더우먼'이라는 프로그램이 있었습니다. 그런데 이 제목은 틀렸습니다. 원래 '날다'라는 동사가 원형인데, 여기에서 다양한 형태로 변형되지요. '날고', '날아', '날다가', '날자', '날 수', '날면서' '나는' 등으로 변형되는데, 위의 제목은 '날으는' 대신에 '나는'으로 써야 맞습니다. 그러면 조금 이상하게 생각되기도 하겠지요. 프로그램 제목을 '나는 원더우먼'이라고 하면 오해가 생길 수도 있습니다. 이것은 마치 "I am Wonder Woman."으로 생각할 수도 있다는 것입니다. 하지만 이것은 국어의 특성상 어쩔 수 없이 빚어지는 오해이니 어쩔 수 없는 것이고, 만일 그렇게 오해의 소지가 있다면 제목을 아예 바꾸는 것이 더 나을 것입니다. '날다'에서 '나는'으로 변형되면서 '날다'의 'ㄹ'이 없어지는 현상을 'ㄹ탈락'이라고 합니다.

우리의 대중가요 중에는 '촛불잔치'라는 노래가 있는데 그 가사 중에도 잘못 사용한 동사가 있습니다. '촛불잔치를 <u>벌려보자</u>'라는 가사가 있는데 이것을 맞게 고치려면 '촛불잔치를 <u>벌여보자</u>'라고 해야 합니다. '<u>벌리다</u>'와 '<u>벌이다</u>'의 차이를 아셔야 합니다. '<u>벌리다</u>'라는 동사는 '둘 사이를 넓히거나 멀게 하다'라는 뜻이므로 간격을 넓힌다는 뜻입니다. 반면 '<u>벌이다</u>'라는 동사는 '일을 계획하여 시작하거나 펼쳐 놓다'라는 뜻이므로 이 노래의 가사에는 '<u>벌이다</u>'를 사용하는 것이 맞습니다. 그러므로 그 변형으로 '<u>벌여보자</u>'라고 해야 하는 것입니다.

다음으로, '들르다'와 '들리다'의 차이를 알아보겠습니다.
'들르다'라는 말이 있는데요, 이것은 '지나는 길에 잠깐 들어가

머무르는 것'을 말합니다. 원형이 '들르다'입니다. 이것을 변형하면 '들러', '들르니'처럼 쓰이겠지요. '들러'라고 해야지, '들려'라고 하면 틀리는 겁니다.

예문을 살펴보겠습니다. "구청에 잠깐 들렀다가 갈게."라고 말하면 되는데 "구청에 잠깐 들렸다가 갈게."라고 하면 안 된다는 것이죠. '들르다'가 원형인데, 그것을 '들리다'라고 잘못 알고 있다면 '소리가 들린다'라고 말할 때 쓰는 '들리다'와 다를 게 없습니다. '들르다'와 '들리다'는 엄연히 다른 뜻입니다. 이것을 혼동하지 않으면 좋겠습니다.

잠시 미용실에 들렸다가 가겠습니다. (×)
잠시 미용실에 들렀다가 가겠습니다. (○)

위의 예문도 마찬가지지요. 이와 같은 실수를 하지 않기 위해서는 동사의 원형을 알고 그 변형까지 정확히 알아야 합니다.

또 우리가 잘못 사용하는 말 중에, 사물 존칭을 쓰는 경우가 많은데요, 이건 고쳐야 합니다. 예를 들어서 편의점에서 물건을 살 때 점원이 "5,000원이세요."라고 말하는 경우가 있지요. 존칭은 사람을 대상으로 할 때 쓰는 말이기 때문에 "5,000원이세요."가 아니라 "5,000원입니다."가 맞습니다.

11_ 어순을 제대로 맞춰 쓰기

어순을 맞춰 쓰는 것은 아무리 강조해도 지나치지 않습니다. 단어의 순서를 어떻게 배치하느냐에 따라서 문장은 매우 달라질 수 있습니다. 우선 문법적인 규칙에서 벗어나면 안 되겠고, 그 문장을 독자가 읽었을 때 뜻이 두 가지로 해석되거나 또는 오해를 불러일으키게 한다면 잘못된 것입니다. 고쳐 써야 합니다. 이해를 돕기 위해서 예문을 하나 살펴보겠습니다.

[예문] 서씨는 <u>이날</u> <u>입사한 뒤</u> <u>처음으로</u> 회사 소화기, 방화셔터, 스프링클러의 위치를 꼼꼼히 살펴봤다고 한다.

이 예문을 읽어보면 뭔가 좀 석연치 않다는 생각이 들지 않나요? 독자를 완벽하게 이해시키기 위해서 단어의 위치를 좀 바꿔야겠다는 생각이 든다면 제가 설명한 것을 바로 이해하신 겁니다. 독자가 문장을 읽을 때 뒤에서부터 앞으로 읽는 경우가 있나요? 아니죠. 앞 문장에서부터 뒤로 가면서 읽습니다. 독자가 예문을 읽을 때 "서씨는 이날 입사한 뒤"까지 읽은 시점이라면 당연히 서씨가 이날 입사했다고 생각할 것입니다. 그런데 뒤로 계속 읽어가다 보니 그런 뜻이 아니었다는 것을 뒤늦게 알게 됩니다. '이날 입사한 것'이 아니라 '이날 살펴봤다'라는 것을 알게 되겠지요. 그러므로 이 문장을 읽는 독자는 읽고 나서 한 번 더 생각하든가 아니면 두 번 반복해서 읽어야 한다는 것입니다. 이러한 불편함을 없애주려면 어떻게 문장을 써야 할까요? 간단합니다. 단어의 순서를 바꿔주는 겁니다.

서씨는 입사한 뒤 처음으로 이날, 회사 소화기, 방화셔터, 스프링클러의 위치를 꼼꼼히 살펴봤다고 한다.

라고 하면 되겠지요. '이날'을 '입사한 뒤 처음으로'의 뒷부분에 위치시킨 것입니다. 그러면 오해의 소지가 없어지고 말끔한 문장이 되겠지요? 자, 이렇게 단어의 위치는 매우 중요합니다. 단어 하나의 위치만 바꾸어도 매끄러운 문장이 되는데 그 위치에 제대로 배치하지 못하면 엉뚱한 뜻이 되거나 오해를 부르는 문장이 되는 것입니다. 또, 다음의 예문을 보겠습니다.

[예문] 경찰관이 소리를 지르며 도망가는 도둑을 쫓았다.

이 문장은 독자로 하여금 오해를 불러일으키게 합니다. 무엇 때문에 오해를 하게 될까요? 이 문장에서 소리를 지르는 것은 경찰관일까요? 도둑일까요? 잘 모르겠다면 두 가지 경우를 모두 살펴보겠습니다.

① 경찰관이 소리를 지르며, 도망가는 도둑을 쫓았다.

위와 같이 중간에 콤마(,)를 찍는다면 뜻은 분명해집니다. 경찰관은 "야, 이 도둑놈아, 거기 서지 못하겠느냐."라고 하면서 도둑을 쫓아가는 상황입니다. 그러면 아래의 경우에는 어떤가요?

② 경찰관이 / 소리를 지르며 도망가는 도둑을 / 쫓았다.

자, 이 경우에는 끊어 읽는 표시를 했는데요, 문장을 실제로 쓸 때는 끊어 읽는 표시를 하지 않겠지요. 우선, 의미만 살펴봅시다. 도둑이 소리를 지르며 도망가고 경찰은 쫓아가기만 하는 상황입니다. 도둑이 뭐라고 소리를 지르며 도망갈까요? "나 도둑 아니야. 왜 나를 쫓는 거야. 도둑 아니라니까."라고 말하면서 도망갔을 겁니다. ①과 ②의 차이점을 아시겠지요? 그런데 ②의 의미로 문장을 쓸 때라도 보통은 끊어 읽는 표기를 하지 않으므로, 끊어 읽는 표기를 할 것이 아니라 단어의 순서를 재배치하면 됩니다. 즉, 단어의 순서를 바꾼다는 것이지요. 어떻게 하면 될까요? 중간에 있는 '소리를 지르며 도망가는 도둑을'을 문장의 첫머리에다 위치시키는 것입니다. 그러면 아래와 같은 문장이 됩니다.

③ 소리를 지르며 도망가는 도둑을 경찰관이 쫓았다.

③처럼 문장을 쓰면 ②와 같은 의미를 갖는 문장이 되겠지요. 실제로 ②처럼 표기하지 않으므로 ③과 같이 쓰면 됩니다. 여기에서 한 가지를 더 생각해볼까요? ①과 같은 뜻을 가지면서도 콤마(,)를 사용하지 않는 방법이 있습니다.

④ 도망가는 도둑을 경찰관이 소리를 지르며 쫓았다.

④처럼 쓰면 ①과 같은 뜻의 문장이 됩니다. 결론적으로 말한다면, 단어의 배열에 의해서 문장의 뜻이 달라진다는 것이므로 단어를 배열할 때는 지금과 같이 중의적인 표현이 되지는 않는지

면밀히 검토할 필요가 있습니다. 이러한 검토는 초안을 쓸 때 하지 마시고 고쳐 쓰기를 할 때 하시면 됩니다. 초안을 작성할 때는 내용에만 집중해서 스토리를 써나가십시오.

12_ '고쳐 쓰기' 요령 익히기

'고쳐 쓰기'는 글을 쓸 때 반드시 해야 할 과정 중의 하나입니다. 아무리 훌륭한 작가라고 하더라도 한 번에 완벽한 글을 써 낼 수는 없습니다. 고치고 다듬는 과정이 필요하지요. 여기에서 고친다는 의미는 여러 가지를 포함합니다. 문법적인 오류가 있는지를 따져 보아야 하고, 개연성이 있는지, 논리적인지, 문장의 순서를 바꾸어야 하는 것은 아닌지, 호응관계에 위배되는 문장은 없는지, 이상한 표현이 있지나 않은지, 단어를 교체해야 좋을지, 띄어쓰기나 철자가 정확한지 등등을 모두 검토해보아야 합니다. 이러한 사항이 철저히 검토되지 않은 상태에서 발표하게 되면, 독자들이 그 글을 읽을 때 실망스러울 수도 있고 뭔가 모르게 글의 완성도가 떨어진다는 것을 감지할 것입니다. 그런 글은 독자들로부터 외면 받을 것입니다. 그러니 저자의 글쓰기 실력이 모자라서 고쳐 쓰는 것이 아니라, 글이란 누가 쓰든 고쳐 써야 한다는 의식을 가지고 글쓰기에 임하십시오.

〈노인과 바다〉를 쓴 헤밍웨이는 그 작품을 200회 이상 고쳐 썼다고 합니다. 노벨상을 탄 위대한 작가도 자신의 글을 마르고 닳도록 고쳐 썼다는 것입니다. 그는 "모든 초고는 쓰레기다. 무얼 쓰든 초고는 일고의 가치도 없다."라고 말했다고 합니다. 고쳐 쓰기가 얼마나 중요한지 단적으로 표현하는 말입니다. 그렇다면 어떻게 고쳐 써야 하는지 알아보겠습니다. 먼저 예문을 하나 보겠습니다.

[예문] 중국인 선물은 탁상시계를 피해라.

이 문장을 어떻게 해석해야 할까요? SNS에 누군가 올린 글인데, 이 문장을 읽고 나서 바로 이해가 되지 않았습니다. 이게 무슨 말일까요? "~피해라."라고 했으니 명령문인 것은 알겠는데 주어 부분이 '중국인 선물은'입니다. 문법적으로 맞지 않습니다. 중국인 선물이 피하라고 명령할 수 있나요? 피한다는 것은 원하지 않는 것을 비켜간다는 뜻이니 이런 경우에는 차라리 "~하지 마라."라고 하는 게 낫겠지요. '중국인 선물'이라는 말도 이상하지요. 중국인이 선물한다는 뜻인지 중국인에게 선물한다는 뜻인지 알 수가 없습니다. 그래서 글쓴이의 의도를 파악해보니 알겠더군요. 결국 이 문장은 아래와 같이 고쳐야 합니다.

→ 중국인에게는 탁상시계를 선물하지 마라.

라고 고쳐 써야 하겠지요. 남이 쓴 문장을 읽을 때 그 뜻이 빨리 이해되지 않는다면 그 문장은 문법에 맞지 않을 가능성이 많습니다. 한국 사람이 한글을 읽는데 이해가 안 된다면 거기엔 뭔가 문제가 있다는 것입니다. 그 문제가 무엇인지, 왜 그렇게 쓰게 되었는지, 그것을 어떻게 고쳐 써야 하는지를 공부하는 것이 매우 중요합니다. 그것이 글쓰기 공부입니다. 잘못된 표현을 고쳐 쓰는 것은 뒤에서 계속 다룰 것입니다.

자, 문법적으로 따지는 것은 다소 따분할 수 있으니, 이 시점에서 재미있는 글을 하나 읽고 넘어가겠습니다. '남이 쓴 글 분석하기'의 연속이라고 보시면 됩니다. 영화 감상문을 하나 소개합니다.

제목: 산드라 블록 주연 〈그래비티〉를 보고 나서

영화를 보는 내내 손에 땀을 쥐는 긴장감이 있었다. 할리우드 영화에서나 가능할 것 같은 첨단 촬영기술과 화려한 그래픽이 단연 돋보였다. 우주 미아가 된 닥터 스톤(산드라 블록)이 지구로 귀환하는 마지막 장면을 제외하고는 모두 우주를 배경으로 하는 영화다.

영화가 끝날 때쯤 되면, 제목을 왜 'Gravity'로 정했는지 이해할 수 있게 된다. 지구 위에서 땅을 딛고 살아가는 것이 얼마나 축복받은 일인지 새삼 깨닫게 해준다. 닥터 스톤이 우주에서 말한다. "난 우주가 싫어." 그리고 지구로 귀환한 후 흙을 움켜쥐고 말한다. "고마워."

지구 중심에서 강한 힘으로 만물을 잡아당겨주는 중력(gravity; 그래비티)에 대해 감사해야 하며, 우주로부터 날아오는 방사선을 자기장으로 막아주는 지구에게 고마움을 가져야 할 것이다. 오늘은 유난히 푸른 별 지구가 더 사랑스럽게 느껴진다. 또한 우리 영화계도 이와 같은 걸작을 제작하게 될 날이 속히 오기를 기대해 본다. (영화를 관람하지 않은 사람들을 위해 줄거리는 생략했음)

이것은 '그래비티'라는 영화를 보고 나서 쓴 감상문인데 이 글역시 SNS에 올려 친구들과 소통하기 위해서 썼던 글입니다. 정식 감상문은 아니지요.

첫 문단(영화를~)에서는 "○○영화를 보았다."라는 말 대신에 내용으로 바로 들어가서 "영화를 보는 내내 손에 땀을 쥐는 긴장감이 있었다."라고 말하고 있습니다. 첫 문장치고는 직설적이지 않나요? 제목에서부터 벌써 영화 감상문이라는 것을 알 수 있도록 정보를 주었기 때문에 다른 여타의 설명이 없이도 바로 내용으로 직행할 수 있었던 것입니다. 첫 문단에서는 이 영화가 어떤 내용의 영화인지를 설명하는 내용입니다.

둘째 문단(영화가~)에서는 그 영화에서 인상 깊었던 대사를 말하면서 새삼 깨달은 점에 대해서 말합니다.

셋째 문단(지구 중심에서~)에서는 영화를 통해 느낀 점(감사)과 영화계에 바라는 점에 대해서 말합니다. 그리고 맨 나중에 부연 설명을 붙였습니다. 이 감상문을 읽는 사람들 중에는 영화를 볼 사람도 있을 것이기에 영화 내용을 많이 말하지 않았음을 밝히는 것으로 끝맺었습니다.

감상문을 쓰는 행위는 그 자체로도 훌륭하지만, 감상문을 쓸 것을 미리 염두에 두고 영화를 본다면 영화 내용에 더 집중할 수 있을 것이고, 배우들의 대사 하나하나도 놓치지 않으려는 노력을 게을리 하지 않게 됩니다. 장면이나 대사를 기억하려고 노력하게 된다는 것이지요. 그러므로 영화감상문 또는 독서감상문을 평소

에 많이 쓰도록 권유합니다. 부담감을 가지지 말고 그저 SNS에
올려서 다른 사람들과 소통을 하겠다는 생각으로 마음 편하게 쓴
다면 글쓰기에 대한 거부감을 줄이고 즐겁게 글을 쓰실 수 있을
거라고 생각합니다.

13_ 의사 전달률 높이기

글쓰기는 의사를 전달하는 수단입니다. 말하고자 하는 것을 글로 전달한다는 것이지요. 전달하는 내용은 사건(메세지), 상황 설명, 생각, 느낌, 감각, 감정 등 매우 다양합니다. 사람의 머리로 생각할 수 있는 모든 것을 글로 전달할 수 있습니다. 그런데 전달하는 과정에서 방법이 잘못되어 있다면 문제가 생기게 됩니다. 그러므로 의사 전달률을 높이려면 방법을 정확히 알아야 합니다. 의사 전달률이 100%가 될 수는 없습니다. 독자가 저자의 뇌 속으로 들어간다면 가능할지 모르겠으나 그것은 불가능한 일입니다. 'A'라는 사람이 'B'라는 사람에게 말이나 글로써 의사를 전달했다고 칩시다. 이 경우에 'A'의 의도가 100% 정확하게 'B'에게 전달될까요? 경우에 따라서는 70~80% 정도, 또는 30~50%밖에 전달되지 않습니다. 100%까지는 아니더라도 최대치로 끌어올릴 필요가 있습니다. 이러한 문제 때문에 간혹 오해가 생겨 다툼도 일어나고 금전적인 손해를 보는 경우도 발생하는 것입니다. 금전적인 손해를 보지 않기 위해서라도 여러분은 글을 제대로 쓰는 방법을 터득하셔야 합니다.

'A'와 'B'가 10분간 대화를 해도 돌아서서 생각해보면 어떤 내용으로 말했는지 모를 수도 있습니다. 말할 때 사용하는 단어가 모호한 경우, 배경 설명을 제대로 하지 않고 다짜고짜 내용부터 말하는 경우, 구체적으로 표현해야 할 것을 추상적으로 얼버무려 말하는 경우, 상대가 알아듣든지 말든지 본인만 알 수 있는 말을 하는 경우라면 10분이 아니라 한 시간 동안 대화를 하더라도 기억에 남는 것은 없습니다. 일상생활 중 대화에서 흔히 일어나는 일입니다. 그러니 대화를 할 때도, 글을 쓸 때도 상대방의 입장에서 알아들을 수 있게 말하고 글을 써야 합니다. 이것을 글쓰기에 적용하는 경우를 일컬어 "친절한 글쓰기를 한다."고 말합니다. 이러한 전달 메커니즘을 여러분이 정확히 이해하셨다면 이제부터 말을 하거나 글을 쓸 때는 상대방이 충분히 알아들을 수 있도록 신경을 쓸 것입니다. 이것은 글을 쓰는 사람이 반드시 염두에 두어야 할 사항입니다. 전달하는 사람의 머릿속에 들어있는 배경 지식을 상대방이 알고 있을 것이라고 생각하는 것은 착각입니다.

모릅니다. 그러니 친절하게 설명해줘야 하는 것입니다.

이제부터 예문을 가지고 설명하겠습니다. 아래의 대화 문장은 설명을 하기 위해 억지스럽게 지어낸 문장입니다.

[예문]

사 장: 내가 어제 박과장더러 권대리에게 공장에서 나온 물건
        을 가져오라고 했는데 김실장도 들었나?

김실장: 네, 가지러 갔습니다. **(주어를 생략함)**

사 장: 박과장이 갔나? 권대리가 갔나?

김실장: 권대리가 갔습니다.

위의 대화 문장에는 사장, 김실장, 박과장, 권대리까지 네 명이 등장합니다. 사장이 김실장에게 질문한 내용인데, 김실장이 대답할 때는 누가 가지러 갔는지 말하지 않았습니다. 일의 정황 상 물건을 박과장이 가져올 수도 있고 권대리가 가져올 수도 있다는 것을 생각한다면, 김실장이 대답할 때는 "네, ○○○가 가지러 갔습니다."라고 말해야 더 분명한 대화가 되겠지요. 사장이 "박과장이 갔나? 권대리가 갔나?"라고 재차 질문한 것은, 김실장이 대답할 때 주어를 생략했기 때문입니다. 뜻을 분명히 전달하기 위해서는 그 문장이 반드시 가지고 있어야 할 핵심 요소, 즉 주어나 목적어를 생략하지 않는 것이 좋다는 것입니다. 위의 문장은 주

어를 생략한 경우이고 다음에 나오는 문장은 목적어를 생략한 경우입니다.

[예문]
영철: 어제 과수원에서 감도 따고 사과도 먹었지.
경태: 따기도 하고 먹기도 했으니 즐거웠겠네.
영철: 돌아올 때 두 바구니나 가져왔네. **(목적어를 생략)**
경태: 감을 가져왔나? 사과를 가져왔나? 둘 다 가져왔나?

예문은 영철과 경태가 나눈 대화입니다. 영철은 과수원에서 감도 따고 사과도 먹었다고 말했습니다. 대화의 정황으로 볼 때, 감을 땄다는 말만 있는데, 감을 먹을 수도 있고 가져올 수도 있다고 생각한다면 그 말을 들은 경태는 분명히 의문이 생길 겁니다. 두 바구니를 가져왔다고 했는데 감만 두 바구니를 가져올 수도 있고, 사과만 두 바구니를 가져올 수도 있고, 각각을 한 바구니씩 두 바구니를 가져올 수도 있습니다. 그래서 경태는 재차 질문한 것입니다. 만일 경태가 추가 질문을 하지 않고 이 대화를 끝냈다고 칩시다. 이 이야기를 경태가 또 다른 사람에게 해준다면 뭐라고 말해줄까요? 아마 자기가 이해한대로 이야기해줄 겁니다. 이렇게 말할 수 있겠지요.
　"영철이가 감 두 바구니 가져왔대." 또는

"영철이가 사과 두 바구니 가져왔대." 또는

"영철이가 감 한 바구니, 사과 한 바구니 가져왔대."

라고 말할 것입니다. 이쯤 되면 연예인들이 왜 본인들이 하지도

않은 이야기 때문에 구설수에 오르내리는지 아시겠지요?

14_ 틀린 문맥 바로 잡기

  글을 쓸 때는 글 전체의 흐름을 거스르지 않게 이어나가는 것이 물론 중요하지만, 문장 하나하나를 놓고 보더라도 그 문장을 이루는 단어들의 조합이 부자연스럽다면 고쳐주는 것이 좋습니다. 우리는 이것을 '문맥'이라는 관점에서 바라봐야 합니다. 문맥은 '글월에 표현된 의미의 앞뒤 연결'을 의미합니다. 다시 말해서, 언어적인 맥락이 일관되도록 표현하지 않은 문장을 쓴다면 좀 곤란하다는 말입니다. 예를 들어볼까요?

  [예문] 나의 목적은 금메달을 따는 것이다.

이 문장을 살펴보면 뭐 딱히 틀린 문장이라고 말할 수도 없겠지만 아무래도 뭔가 석연치 않은 점이 있습니다. 이 말을 한 사람의 의도를 짚어봅시다. 금메달을 따기 위해서 노력하고 있다는 의미인데, '나의 목적'이라고 했으므로 범위가 너무 크다는 생각이 듭니다. 이것을 독자가 '내 인생의 목적' 쯤으로 받아들인다면 좀 곤란하지 않을까요? 이것을 아래와 같이 표현해보면 어떨까요?

→ 내가 운동을 하는 목적은 금메달을 따기 위한 것이다.

이렇게 바꾸어보았습니다. 저자가 노력하고 있는 것은 여러 가지가 있지만, 그 중에서도 운동을 하는 목적은 금메달을 따기 위한 것이라고 표현하는 것이 더 나을 듯합니다. 이것 역시 의사 전달률을 최고치로 끌어올리기 위한 것이라고 이해하시면 될 것 같습니다. 독자가 한 치의 오차도 없이 이해할 수 있게 '친절한 글쓰기'를 하는 습관을 들이면 좋습니다.

[예문] 나의 목표는 서울대학교이다.

이 예문 역시 이상하지요? 목표가 어떻게 서울대학교가 될 수 있나요? '서울대학교'라고 하면 그것은 학교의 건물을 뜻할 수도 있겠고, 학교 재단을 의미할 수도 있겠지요. 학교 자체가 목표가 될 수는 없습니다. 학교에 들어가는 것, 즉 '입학하는 것'이 목표 겠지요.

이 경우에서 지적한 것은, 주어와 서술어가 정확히 어울리지 않는다는 것입니다. 그냥 독자들로 하여금 어렴풋하게 의미로만 전달하는 경우지요. 이 예문을 아래와 같이 바꾸면 뜻은 더 명확 해집니다.

→ 나의 목표는 서울대학교에 들어가는 것이다.
→ 나의 목표는 서울대학교에 합격하는 것이다.

글을 쓸 때는 단 한 문장을 쓰더라도 주어와 서술어의 의미가 정확히 일치하도록 쓰는 습관을 가져야 합니다.

15_ 틀린 말 고쳐 쓰기

글을 쓰다 보면 자신도 모르게 틀린 말을 쓰는 경우가 많습니다. 이것은 물론 고쳐 쓰기를 하는 과정에서 바로 잡을 수 있는 것들인데, 저자 자신이 정확한 기준을 모르고 있다면 틀린 것을 바로잡을 수가 없겠지요. 틀린 것을 맞다고 생각할 수도 있으니까요. 그러니 바르게 고쳐 쓰는 기준을 잘 알고 있어야 합니다.

받아드리다(×) → 받아들이다(O)

~ 하는 것 가튼데(×) → ~ 하는 것 같은데(O)

정정이 안된거가튼데(×) → 고치지 않은 것 같은데(O)

16_ 대치연습하기 (substitution drill)

영어 수업 시간에서 '대치연습'이라는 것을 해보셨을 겁니다. 이것은 글자 그대로, '다른 단어를 사용해서 문장을 바꿔보는 연습'입니다.

우리가 사용하는 단어는 종류도 많고 수도 많지요. 문장을 이루는 단위는 '단어'라고 할 수 있습니다. 흔히 동사를 다른 것으로 대치하면서 연습하는 경우가 많습니다. 하지만 문장에 동사만 있는 것은 아니지요. 문장을 이루고 있는 각 단어를 하나하나 다른 것으로 교체해가면서 연습해보는 것입니다. 단어를 교체하면 문장의 뉘앙스가 달라지기도 하고, 문장의 성격이 달라지기도 하고, 문장에서 비문으로 바뀌기도 합니다. 사소하다고 여길 수 있는 조사 하나만 바꿔도 이런 현상들이 나타납니다. 예를 들면 '은'을 '을'로만 바꿔도 문장이 엄청나게 달라지는 것을 알 수 있습니다. 대치연습하는 예를 들어보겠습니다.

[예   문] 이러한 의문들을 항상   마음속에 간직하라

[대치연습] 이런   질문들을 언제나 마음속에 지녀라

[대치연습] 이런   의구심을 항상   마음속에 담고 살아라

[대치연습] 이런 종류의 의구심을 항상 가슴에 품어라

[대치연습] 이런   의문점들을 언제나 마음에 새겨라

위에서와 같이 매우 간단한 문장이라도 단어를 이리저리 바꿔보면 또 다른 느낌의 문장이 만들어지고, 그 각각은 전혀 새로운 뉘앙스를 만들어내기도 합니다. 이러한 연습은 곧 '고쳐쓰기'로 이어지는데, 앞에서 '고쳐쓰기'의 중요성을 언급했으니 대치연습 또한 중요하다는 것을 알 수 있습니다. 대치연습을 많이 하면 할수록 문장을 구사하는 실력이 일취월장할 것이라고 확신합니다.

17_ 묻고 답하는 형식으로 논리 이어가기

　글을 통해 저자가 자신의 논리를 이어갈 때 '묻고 답하는 형식'
을 취하는 것도 좋은 방법입니다. 논리를 전개한다는 것은 다시
말해서 독자를 저자가 의도하는 방향대로 이끌고 간다는 의미입
니다. 그러니 당연히 설득력이 있어야겠지요. 이에 더해서 독자
가 글을 읽으면서 생각할 수 있게 만들어줘야 하고, 그 생각은 저
자가 주장하는 것과 일치해야 합니다. 그래야 설득력이 생기겠지
요.

　저자가 독자에게 질문 형식으로 묻는다는 것은 결국 긍정의 답
을 요구한다는 의미입니다. 소크라테스의 대화법이나 산파술과
다를 게 없다는 것이지요.

아래의 예문을 보면서 설명합니다.

[예문]

… 상략

글쓰기를 배우는 초보자라면 어떻게 해야 할까? 누구에게 배우는 것이 가장 좋을까? 가령, 축구를 배우려는 초보자가 선생님을 찾는다면 누구를 찾는 게 가장 좋을까를 먼저 생각해보자. 당연히 그 분야 최고의 권위자에게 배우는 것이다. 박지성이나 홍명보 감독 같은 사람에게서 말이다.

(~ 어떻게 해야 할까?), (~ 가장 좋을까?) 처럼 질문함으로써 독자의 생각을 유도해내고 저자의 주장에 동의하게 만드는 방식입니다. 이렇게 하면 논리적으로 독자를 설득할 수 있습니다.

18_ 인용문 활용하기

　'인용'은 저자의 주장을 더욱 견고하게 해주는 도구가 됩니다. 저자가 말하는 내용을 독자 입장에서 수용하기 어려운 경우도 많습니다. 사람은 누구나 생각이 다르기 때문이지요. 그러니 저자가 아무리 설득력 있게 논리를 전개해도 독자 입장에서는 와 닿지 않을 수 있다는 것이지요. 이럴 때 사용하는 것이 '인용'입니다.

　타인의 말이나 글을 '인용' 한다는 것은, "이러한 주장은 저만의 생각은 아닙니다. 보십시오. 저명한 이 분도 이런 말을 했지 않습니까."라고 말하는 것과 같습니다. 저자 혼자만의 생각이 아니라 다른 사람도 내 의견과 동일한 생각을 가지고 있다는 것을 실증적으로 보여주는 것입니다.

　다음에 나오는 글은 오래 전에 필자가 쓴 글의 일부입니다. 이 글은 '위대함'이라는 주제를 앞에 놓고, 이에 대해 어떻게 생각할 것인가를 생각해보게 하는 수필입니다. 아래의 예문 글이 나오기에 앞서 생략된(상략) 부분에는 '위대함'이란 무엇인가에 대한 저자의 생각을 적었습니다. 그리고 나서 이어지는 부분에 아래와 같이 파스칼의 말을 인용했습니다.

　[예문]

　… 상략

'위대'에 관해 파스칼은 다음과 같이 이야기한다.

　"나의 존엄성을 찾아야 할 곳은 공간에서가 아니라 나의 사유의 규제에서이다. 많은 영토를 소유한다 한들 나는 나 이상의 것이 될 수 없을 것이다. 공간에 의해서 우주는 나를 점과 같이 감싸고 둘러 삼킨다. 사유에 의해 나는 우주를 포용한다."

　과연 그렇다. 파스칼이 말한 대로 인간이 위대하다는 것은 다름 아닌 '사유의 힘'에 있는 것이다. "나는 모든 것을 이야기하려 한다."고 말한 데모크리토스도 나의 관념 속에는 들어와 있지 못하다.

　… 하략

이렇듯이 저자의 생각을 뒷받침해줄 수 있는 다른 이야깃거리가 필요할 때 인용을 하면 좋습니다. 속담이나 격언, 또는 유명한 책에서 가져오는 것도 좋겠습니다. 단, 이 경우에는 저작권법에 저촉되는지 먼저 알아봐야겠지요. 인용할 때는 본인보다 더 권위 있는 사람의 말이나 글을 사용하면 더욱 좋겠습니다.

19_ SNS를 활용한 생활 글쓰기

SNS는 이미 우리의 생활에 깊이 들어와 있기 때문에 중요성을 강조할 필요도 없습니다. 시간과 공간의 제약을 뛰어넘어 타인과 소통할 수 있는 아주 훌륭한 도구지요. 누구나 쉽게 글을 써서 수많은 불특정 다수와 공유할 수 있는 수단이 있다는 것은 매우 바람직한 일입니다. 이것으로 인해 글을 쓰는 환경은 더욱 개선되고 편리해졌으며, 작가가 아닌 일반인들도 시간과 공간의 제약 없이 글을 쓸 수 있게 되었습니다.

글을 쓰기 위해서는 책상 앞에 앉아야 하고 종이와 펜 또는 컴퓨터가 있어야 하며 뭔가 격식을 갖춰야 한다고 생각한다면, 그것이 글쓰기를 더욱 어렵게 만들 수 있습니다. 그저 편하게 떠오르는 생각들을 정리해나간다고 생각하면서 스마트폰에 글을 써서 저장하는 것도 좋은 방법이라 하겠습니다.

신변잡기를 다루는 스토리텔링을 자연스럽게 할 수 있을 때 글쓰기 실력은 더욱 향상됩니다. 어려운 글을 쓰기 이전에 우선 쉬운 글쓰기부터 정복해나가는 것이 올바른 수순입니다.

20_ 스토리텔링 이해하기

　'성덕대왕신종'과 '에밀레종'은 같은 종입니다. 이름만 다를 뿐 같은 종을 말합니다. 그런데 과연 그럴까요? 다른 것이 하나 더 있습니다. '성덕대왕신종'에는 이야기가 없고 '에밀레종'에는 이야기가 있습니다. 이야기를 영어 단어로 'story'라고 하는데, 스토리텔링(story telling)에서 중요하게 생각하는 개념이 바로 이야기(story)입니다. 그러면 왜 이야기가 중요할까요?

　경주에 학생들을 인솔해간 교사가 학생들에게 물었습니다. '성덕대왕신종'과 '에밀레종' 중에서 어느 것을 먼저 보고 싶냐고. 그랬더니 에밀레종을 먼저 보고 싶다고 했습니다. 두 가지 모두를 학교에서 배웠지만 학생들은 에밀레종을 기억할 뿐입니다. 왜냐하면 '에밀레종'에는 어린아이를 쇳물에 넣어 만들었다는 '이야기'가 있기 때문입니다. 이것이 바로 스토리텔링의 힘입니다.

'사실'만 전달하는 것이 아니라 '이야기'를 전달하면 듣는 사람에게는 그 '사실'에 대한 거부감이 줄어듭니다. 대놓고 '사실'만 말하지 말고, '사실'을 스토리에 버무려서 전달하는 연습을 하면 말이나 글 모두를 향상시킬 수 있습니다.

스토리텔링을 잘 한다는 것은 이야기꾼이 된다는 것이고, 그것은 곧 작가가 될 가능성이 높다는 의미가 되기도 합니다.

21_ 심리 묘사하기

글쓰기 연습을 꾸준히 하다보면 자신도 모르게 실력이 향상되는 것을 알게 될 것입니다. 만일 초보자라면, '사실이나 상황을 설명하는 글쓰기' 정도가 될 겁니다. 거기에서 조금 더 실력을 쌓는다면 '사실이나 상황을 묘사하는 글쓰기' 정도가 될 것이구요, 더 실력이 쌓인다면 '심리를 묘사하는 글쓰기'가 될 것입니다. 심리를 묘사한다는 것은 무엇을 의미할까요?

사실이나 상황을 있는 그대로 줄줄 설명하는 것은 그다지 어렵지 않습니다. 눈에 보이는 대로(시각), 귀에 들리는 대로(청각), 냄새 나는 대로(후각), 맛을 느끼는 대로(미각), 만져지는 대로(촉각) 서술하면 그뿐입니다. 하지만 서술이 묘사가 되는 것, 그리고 심리까지 묘사한다는 것은 쉽지 않은 일입니다. 심리 상태는 눈에 보이지도 않고 귀에 들리지도 않습니다. 우리의 오감으로 잡아내기가 어려운데 이것을 어떻게 구체화해서 독자에게 전달할 수 있을까요? '심리'가 눈에 보이지 않는다면 눈에 보이는 것 같은 착각을 일으키게 하는 건 어떨까요? 예를 들어서, '몹시 화난 상태'를 묘사하고자 한다면 어떤 방법을 써야 할까요? 다음과 같이 해보세요.

[예문]

그 사람의 말을 듣는 순간 심장이 요동치면서 얼굴이 시뻘겋게 달아올랐다. 거울에 비친 내 모습이 눈에 들어왔다. 귀와 목은 물론이고 뒷목까지 벌겋게 충혈되어 있었다.

눈에 보이지 않으면 실체를 상상하기 어렵지만 눈에 보인다면 얘기는 달라지겠지요. 상황을 시각화시켜서 독자가 그 상황을 완벽하게 이해하고 공감하게 만드는 것이 그 방법입니다. '묘사'라고 하면 미사여구를 사용하는 방법도 있겠으나 문학적인 소질과 재능이 부족한 사람이 무턱대고 미사여구를 사용해서 문장을 지어내려 한다면 오히려 설익은 문장을 만들어서 독자들을 불편하게 할 수도 있을 것입니다. 상황을 서술하는 것을 넘어 묘사하는 단계로, 또 상황뿐 아니라 심리까지 묘사할 수 있다면 여러분은 글쓰기의 완성 단계로 진입했다고 해도 과언이 아닐 것입니다.